DIE KNICKERBOCKER BANDE

Thomas C. Brezina

IM TAL DER DONNERECHSEN

Krimiabenteuer Nr. 27

Mit Illustrationen von Jan Birck

Ravensburger Buchverlag

DIE KNICKERBOCKER BANDE

STECKBRIEFE

HALLO,
ALSO HIER MAL IN KÜRZE
DAS WICHTIGSTE ÜBER UNS:

POPPI

NAME: Paula Monowitsch
COOL: Tierschutz
UNCOOL: Tierquäler, Angeber
LIEBLINGSESSEN:
Pizza (ohne Fleisch,
bin Vegetarierin!!!)
BESONDERE KENNZEICHEN:
bin eine echte Tierflüsterin –
bei mir werden sogar Pitbulls
zu braven Lämmchen

DOMINIK

NAME:
Dominik Kascha
COOL: Lesen, Schauspielern
(hab schon in einigen Filmen und
Theaterstücken mitgespielt)
UNCOOL: Erwachsene, die einen bevormunden
wollen, Besserwisserei (außer natürlich, sie kommt
von mir, hähä!)
LIEBLINGSESSEN: Spaghetti
(mit tonnenweise Parmesan!)
BESONDERE KENNZEICHEN:
muss immer das letzte Wort haben und kann so
kompliziert reden, dass Axel in seine Kappe beißt!

AXEL

NAME: Axel Klingmeier
COOL: Sport, Sport, Sport (Fußball und vor allem Sprint, bin Schulmeister, habe sogar schon drei Pokale gewonnen)
UNCOOL: Langweiler, Wichtigtuer
LIEBLINGSESSEN: Sushi … war bloß'n Witz (würg), also im Ernst: außer Sushi alles! (grins)
BESONDERE KENNZEICHEN: nicht besonders groß, dafür umso gefährlicher (grrrrrr!)

LILO

NAME: Lieselotte Schroll (nennt mich wer Lolli, werde ich wild)
COOL: Ski fahren, Krimis
UNCOOL: Weicheier, Heulsusen
LIEBLINGSESSEN: alles, was scharf ist, thailändisch besonders
BESONDERE KENNZEICHEN: blond, aber unheimlich schlau (erzähl einen Blondinenwitz und du bist tot …)

Bibliografische Information der Deutschen Nationalbibliothek:

Die Deutsche Nationalbibliothek verzeichnet diese Publikation
in der Deutschen Nationalbibliografie.
Detaillierte bibliografische Daten sind im Internet über
http://dnb.d-nb.de abrufbar.

1 2 3   12 11 10

Umschlagillustration: Jan Birck
Printed in Germany
ISBN 978-3-473-47163-8

www.ravensburger.de
www.thomasbrezina.com
www.knickerbocker-bande.com

INHALT

Angriff der Donnerechsen

Feuchte, kalte Nebelschwaden wehten den vier Mitgliedern der Knickerbocker-Bande aus der engen Felsenschlucht entgegen und hüllten sie ein. In der Ferne ertönte das wütende, hungrige Brüllen und Grölen der Tyrannosaurier. Dumpfes Poltern und Dröhnen waren Zeichen dafür, dass sich die tonnenschweren Urzeitmonster in Bewegung setzten. Eine Frau schrie in Panik und rief um Hilfe, aber keiner machte Anstalten sie zu retten.

Poppi erschauderte: „Bestimmt ist sie die Beute eines Tyrannos geworden!"

Dominik nickte: „Es ist alles aus und vorbei für sie."

Axel, Lilo, Poppi und Dominik, den vier Juniordetektiven, die bereits zahlreiche Kriminalfälle gelöst hatten, stand eine harte Probe bevor. Sie sollten die Schlucht der Tyrannosaurier durchqueren, obwohl sie auf Schritt und Tritt mit dem Angriff der Ungeheuer rechnen mussten. Sie sahen schon die hervorquellenden bösen Augen dieser Urzeitmonster vor sich. Noch schrecklicher war für sie aber der Gedanke an die riesenhaften Mäuler, die ein ganzes Schwein verschlucken konnten. Küchenmesserlange Zähne wuchsen darin und zermalmten selbst Knochen zu Brei.

„Es ... es ist gleich so weit. Macht euch fertig!", meldete Axel. Er drückte seine Baseballkappe fest auf den Kopf und atmete tief durch.

Lilo hatte die ganze Zeit kein Wort gesagt. Sie hatte sich gedanklich auf den Weg durch das Schreckenstal vorbereitet. Es kam jetzt auf gute Planung an, wenn sie das andere Ende erreichen wollten.

Wieder wurden das tobende Brüllen und die erdbebenhaften Schritte der Urzeittiere hörbar und abermals kreischten Leute. Sie waren also die nächsten Opfer der unersättlichen Bestien geworden. Die vier Detektive erschraken und warfen sich fragende Blicke zu. Wie würde es ihnen ergehen?

Sie waren nun beim Eingang in das enge Tal angelangt, aus dem immer noch dicke, nasse Nebelschwaden wehten, die es unmöglich machten, weiter als zehn Schritte zu sehen. Auf dem Boden lag, sozusagen als Schranke, das abgenagte Skelett eines Triceratops, eines Dreihornsauriers. Wenn es nach oben schwenkte, dann waren die Knickerbocker an der Reihe, ihren Mut unter Beweis zu stellen.

Plötzlich aber drängelte sich ein schwarzhaariger Junge vor und grinste den vier Freunden frech ins Gesicht.

„He, hinten anstellen wie wir alle!“, schnauzte ihn Axel an. Aber davon schien der kleine Japaner nicht viel zu halten.

Rasselnd und klappernd erhob sich das Triceratops-Skelett und gab den Weg frei. Die vier Knickerbocker wollten losmarschieren, aber wie ein Kugelblitz flitzte der japanische Junge an den vier überraschten Freunden vorbei und schlüpfte behende unter dem Saurierskelett durch. Knarrend begann es sich wieder zu senken. Für die Bande bedeutete das abermals warten.

Axel geriet so in Wut, dass sein Gesicht knallrot anlief. „Du blöder Sack, dich schnapp ich mir!“, schrie er und hechtete dem Jungen hinterher. Hinter ihm krachten die Knochen des Triceratops auf den Boden und machten Axels Freunden das Nachkommen unmöglich.

Der fuchtelte und ruderte unterdessen mit den Armen durch die Luft, um die Nebelschwaden zu zerreißen. Er wollte sehen, wo sich der japanische Junge verkrochen hatte. Gleichzeitig musste er aber auf die Tyrannosaurier achten, die jederzeit aus einer Felsspalte stürzen und ihn fressen konnten. Ausweichen war möglich, da die Tiere mit den plumpen Körpern nur langsam und schwerfällig vorankamen. Allerdings musste man dazu die Angreifer rechtzeitig bemerken.

Mit hochgezogenen Schultern hastete Axel voran. Ängstlich blickte er nach links und rechts und versuchte jedes verräterische Geräusch wahrzunehmen. Hinter ihm donnerte es und der Boden unter seinen Füßen erbebte. Er wirbelte erschrocken herum und starrte auf einen mindestens sechs Meter hohen Tyrannosaurus, der aus seinem Versteck torkelte, gierig sein Maul aufriss und einen röhrenden Schrei ausstieß.

Dem bin ich schon mal entkommen!, dachte Axel erleichtert und stolperte weiter. Er wusste, dass die Saurier nur von vorn angreifen und gefährlich werden konnten. Links vernahm er ein leises Knirschen. Geschickt wich er nach rechts aus und presste sich gegen den glitschigen schwarzen Felsen. Keine Sekunde zu früh! Ein Tyrannosaurusschädel in der Größe eines kleinen Autos, tauchte in Augenhöhe auf und wollte zuschnappen. Aber er biss ins Leere. Axel begann trotz der Kühle, die im Tal herrschte, allmählich zu schwitzen. Der Weg war anstrengender und schauerlicher, als er sich das gedacht hatte.

Doch wo steckte der kleine Japaner? War er schon gefressen worden? Ein Stück weiter erreichte der Knickerbocker einen Teil der Schlucht, die frei von Nebel war. Dafür befanden sich hier besonders viele dunkle Spalten und Höhlen im Gestein, aus denen jederzeit ein Dinosaurier auftauchen konnte. An einer Stelle war das Tal extrem eng. Genau hier entdeckte Axel den Jungen. Auch er war ständig auf dem Sprung, äußerst angespannt und aufmerksam und versuchte, den blutrünstigen Monstern zu entwischen, um heil das Ende des Tals zu erreichen. Axels Zorn war mittlerweile verflogen. Er ärgerte sich bereits, vorhin so ausgerastet zu sein. Außerdem war er inzwischen viel mehr mit den lauernden Jägern beschäftigt als mit seinen Rachegedanken.

„Ich Idiot, wozu bin ich ihm auch nachgerannt!“, schimpfte Axel mit sich selbst.

Immer weiter und weiter kämpfte sich der Knickerbocker durch das unheimliche Tal. Erstaunt beobachtete er, wie der japanische Junge neugierig in eine Felsspalte blickte. Es war kein ängstlich suchender Blick, sondern Überraschung, das war ganz deutlich zu bemerken. „He, Vorsicht, dort kann ein Tyrannosaurus lauern!“, flüsterte Axel warnend vor sich hin. Der Junge schien überhaupt keine Angst zu haben, sondern kletterte ohne zu zögern in die Felsspalte.

Axel verharrte regungslos, damit ihm nichts entging. Von allen Seiten war leises Surren und Zischen zu hören. Nur vor ihm herrschte absolute Stille. Das heißt, nicht ganz. Das Schaben der Schuhe des Jungen auf dem Felsen hallte durch das Tal. Er schien noch immer zu klettern.

Axel spürte, wie sich in seinem Nacken die Haare sträubten. Er begann am ganzen Körper vor Aufregung und Anspannung zu zittern. Was war da im Gange? Er hatte ein äußerst unbehagliches Gefühl. Sein Instinkt meldete, dass hier etwas nicht stimmte.

Es war, als hätte er eine Vorahnung gehabt. Plötzlich ertönte ein langer, verzweifelter Schrei, der schließlich erstickt wurde. Gleich darauf brüllte wieder ein Tyrannus und tappte mit donnernden Schritten aus genau der Felsspalte, in die der Japaner gestiegen war. Der haushohe Saurier warf den mächtigen Schädel vor und zurück und präsentierte sein gigantisches Gebiss.

Axel schnürte der Schreck die Kehle zu, als er zwischen den Zähnen einen Turnschuh und einen Fetzen Jeansstoff entdeckte. Der japanische Junge hatte Turnschuhe und Jeans getragen!

DER NILPFERDMANN

Lilo, Poppi und Dominik standen wartend vor dem Dreihornsaurier-Skelett. Aber es hob sich nicht. Sie durften noch immer nicht starten. Irgendwie verwunderte das die drei. Bisher hatte die seltsame Schranke die Besucher in regelmäßigen Abständen durchgelassen.

Die Schlucht der Tyrannosaurier war nämlich die größte Attraktion in einem Dinosaurier-Vergnügungspark, der erst vor einigen Tagen hier in Japan eröffnet worden war. Er nannte sich „Das Tal der Donnerechsen“ und bot über dreißig verschiedene Abenteuer mit Sauriern. Selbstverständlich handelte es sich nicht um echte Dinos, sondern um Monster aus Plastik. Es waren hochtechnisierte, gigantisch konstruierte Roboter, die die Urzeitwesen aus Kunststoff höchst lebendig und echt wirken ließen.

Dominiks Onkel Arthur, der als Reporter für mehrere Zeitschriften und Tageszeitungen arbeitete, hatte die Knickerbocker-Bande als „Sonderkorrespondenten“ zur Eröffnung des Tals der Donnerechsen nach Japan geschickt. Die vier Freunde durften eine ganze Woche in dem Vergnügungspark verbringen und bekamen dafür auch noch Geld. Einzige Bedingung: Jeden Tag mussten sie einen drei Seiten langen Bericht an Onkel Arthur mailen. Dieser gestaltete daraus große Berichte für verschiedene Zeitschriften.

Begleitet wurden die Knickerbocker von einer etwas griesgrämigen Dame namens Hilda Ogrusek. Sie war Fotografin und sorgte für das nötige „Bildmaterial“.

Frau Ogrusek war eine Frau, die höchstens alle drei Jahre einmal lachte. Allerhöchstens. Sie schien Kinder nicht ausstehen zu können und hatte bereits zu Beginn der Reise mitgeteilt: „Ich denke nicht daran, euren Babysitter zu spielen. Ihr werdet schön brav aufpassen, dass euch nichts zustößt. Wenn ihr euch danebenbenehmt, bekommt ihr nämlich mächtigen Ärger mit mir und fliegt mit dem nächsten Flugzeug nach Hause. Verstanden?"

Artig hatten die vier Detektive genickt. Poppi hatte Hilda Ogrusek den wenig schmeichelhaften Spitznamen „Griesgram-Ziege" verpasst, den ihre Freunde natürlich gleich mit großer Begeisterung übernahmen.

„He, was ist los? Wieso lässt man uns nicht in die Schlucht der Tyrannosaurier?", fragte Lilo ungeduldig. War vielleicht etwas geschehen? Hatte Axel den Jungen verprügelt? Die Schlucht der Tyrannosaurier war als größte Attraktion des Dinosaurierlandes bei allen Besuchern sehr begehrt.

Fast drei Stunden lang hatte die Bande Schlange gestanden, bis sie endlich zum Eingang gelangt war. Ihre Aufgabe lautete nun, die künstlich angelegte Schlucht zu durchqueren und am Ende ein Saurierei zu nehmen, ohne dabei von einer der Riesenechsen erwischt zu werden. Passierte das, so öffnete sich sofort der Boden unter den Füßen des „Mutigen", und er wurde auf einer Art Rutschbahn zum Ende der Schlucht und damit hinausbefördert.

Für viele endete der Besuch dieser einzigartigen Vergnügungsbahn schon wenige Meter nach dem Beginn, was natürlich sehr enttäuschend war. Die

Knickerbocker hatten sich in den Kopf gesetzt, den Ausgang der Schlucht zu erreichen. Sie wollten sich nicht stundenlang anstellen, um dann per Rutschbahn hinausgebracht zu werden und zu verlieren.

Hinter den drei Wartenden tauchte ein bulliger Japaner auf. Der Speckring rund um seinen Bauch war so dick, dass er die Arme nicht gerade herunterhängen lassen konnte. Die Beine des Mannes waren kurz und schienen Mühe zu haben, das große Gewicht zu tragen. Zwischen den Fettwülsten im Gesicht lagen zwei kleine, schwarze, stechende Augen, die sich immerfort unruhig umblickten. Der Dicke schubste die drei Knickerbocker unsanft zur Seite und redete mit dem Mädchen, das zur Aufsicht am Eingang der Schlucht stand.

Die junge Japanerin grinste, als sie die Frage des Mannes gehört hatte, und nickte. Mit dem Finger deutete sie in das Felsental. Der Mann schnaubte und streckte die Hände flehend zum Himmel. Wieder rempelte er die drei Freunde an und bahnte sich einen Weg durch die Wartenden.

„So ein Nilpferd!“, fauchte Poppi.

Lilo wurde noch unruhiger. Hatte sich der Mann nach dem Jungen erkundigt? Sie wollte nicht, dass Axel diesem Fleischberg auf Beinen in die Hände fiel. Bestimmt hatten allein seine Arme die Kraft einer Brechzange. Sie machte sich echte Sorgen, aber noch immer ging die Skelettschranke nicht in die Höhe.

In der Schlucht bebte Axel derweil am ganzen Körper. Er musste etwas unternehmen. Offensichtlich spielten die Computer, die die Roboter steuerten, verrückt. Der Tyrannosaurier hatte den japanischen Jungen ... gefressen ... oder gebissen ... auf jeden Fall verletzt! Anders waren der Schuh und der Stofffetzen im Sauriermaul nicht zu erklären.

Axel blickte sich suchend um. Gab es hier eine Art Notbremse wie im Zug? Oder einen Alarmschalter? Oder einen Notausgang? Der Junge konnte nichts entdecken. In ihm kämpfte seine Angst gegen sein Gewissen. Eigentlich sollte er selbst in die Felsspalte kriechen und nachsehen, was mit dem kleinen Japaner geschehen war.

„Vielleicht blutet er und braucht schnell Erste Hilfe?“, überlegte er. Aber er hatte höllische Angst, selbst von dem Urzeit-Monster aus Plastik angefallen zu werden. Es war nicht berechenbar, was der Tyrannosaurus als Nächstes tun würde. Er schien außer Kontrolle geraten zu sein. Im Augenblick stand er nämlich stocksteif da und glotzte wie eine Kuh. Im Zeitlupentempo hob er abwechselnd seine riesigen Beine mit den langen Krallen. Er schien sich in seine Felsspalte zurückziehen zu wollen. Das Untier zuckte, als würde es unter Krämpfen leiden. Was war da los?

Doch zum Nachdenken kam Axel nicht, da der andere Junge wieder ein Lebenszeichen von sich gab. Diesmal war es jedoch kein Schreckensschrei. Er brüllte etwas auf Japanisch und schien sehr aufgeregt und empört. Der Japaner musste in einen Kampf verwickelt sein. Axel wusste, dass er nun keine Zeit mehr verlieren durfte. Er atmete tief ein, duckte sich und rannte auf die Felsspalte zu.

Ein Blick in die Kluft genügte, um zu wissen, was geschehen war. Eine Frau hielt den strampelnden Jungen umklammert und war eben im Begriff, ihn durch eine Metalltür zu zerren, die in den künstlichen Felsen eingebaut war.

Die Stangen und Drahtseile, mit denen der Tyrannosaurier bewegt wurde, hatten ihr anscheinend den Weg versperrt. Axel kombinierte, dass sie sich wohl aus diesem Grund an einer Art Steuerkästchen zu schaffen machte, von wo aus sie das Monster dirigieren konnte. Sie drückte abermals ein paar

Knöpfe, damit sich eine besonders dicke Stahlverstrebung zur Seite bewegte. Dann war die Tür frei! Der Junge versuchte verzweifelt sich loszureißen, aber es gelang ihm nicht. Als sein Blick Axel traf, begann er wieder zu schreien. Anscheinend rief er dem Knickerbocker etwas auf Japanisch zu. Leider verstand ihn Axel nicht. Jetzt aber hatte auch die Frau bemerkt, dass sie beobachtet wurden.

Axel riss die Augen weit auf: Die Frau hatte ebenfalls geschlitzte Augen, ein weiß geschminktes Gesicht und hellblondes Haar. Er hatte noch nie zuvor eine blonde Japanerin gesehen.

Einen Moment lang schien die Frau zu überlegen, ob sie auch Axel packen sollte. Aber dann verschwand sie mit ihrem Opfer durch die Tür. Bevor sie abschloss, ließ sie ihre Hand noch einmal zum Schaltbrett sausen und legte einen Schalter um.

Sofort begann der Tyrannosaurier neben Axel zu stampfen, zu toben und zu schreien. Der wollte ausweichen, verlor in der Panik aber die Orientierung und stolperte in die falsche Richtung. Durch Axels Körper zuckten glühende Blitze, als er die spitzen Zähne des Ungeheuers an seinem Rücken spürte. Das Biest griff ihn an! Es schlug nun auch mit dem mächtigen Schwanz nach dem Jungen und schien ihn auf diese Art einzukreisen. „Nein! Ni… ni… nicht!“, keuchte Axel. Hinter ihm klappte das Tyrannosaurusmaul unter lautem Surren der Mechanik zu und bekam dabei seinen Pulli zu fassen. Axel stolperte und der Stoff zerriss. Zwischen den Zähnen des Fleischfressers hing jetzt auch noch ein blau-weiß gestreifter Fetzen. Triumphierend hob der Saurier seinen Schädel.

Axel nützte die Gelegenheit für einen Fluchtversuch. Er hechtete nach vorn über den mindestens einen Meter hohen Schwanz hinweg und landete auf dem weichen Boden des künstlichen Tals. Er rollte ab und spürte in der nächsten Sekunde, wie er den Halt verlor und in die Tiefe sauste. Er schien auf eine der Falltüren gesprungen zu sein, welche die „Opfer“ der Riesenechsen vorzeitig zum Ausgang beförderten. Wie auf einer langen, schneckenförmigen Wasserrutsche sauste der Knickerbocker mehrere Stockwerke nach unten. Am Ende der Rutsche befand sich ein breites, weich gepolstertes Fließband, das ihn weitertransportierte, wieder in die Höhe schaffte und schließlich durch eine Luke, die wie ein aufgerissenes Sauriermaul aussah, ins Freie brachte. Dort wurde er bereits erwartet. Allerdings nicht von seinen Freunden …

DAS GEFRORENE LÄCHELN

Endlich erhob sich das Triceratops-Skelett und gab Lilo, Poppi und Dominik den Zutritt in die Schlucht der Tyrannosaurier frei. Das Mädchen, das neben der Schranke stand, lächelte die drei aufmunternd an und sagte auf Deutsch: „Wir entschuldigen uns für die Verzögerung, die auf technische Probleme zurückzuführen ist, und wünschen euch nun viel Spaß!"

Die drei Knickerbocker blickten einigermaßen erstaunt, weil die Japanerin ihre Sprache so gut beherrschte.

„Äh … ja … danke … aber … aber … ein Freund von uns ist da drinnen gewesen. Ist mit ihm alles okay?", fragte Lilo.

Für den Bruchteil einer Sekunde verschwand das Lächeln aus dem Gesicht des Mädchens. Aber wirklich nur für den Bruchteil einer Sekunde. Danach sagte es: „Mir ist nichts anderes mitgeteilt worden. Bestimmt werdet ihr ihn unterwegs treffen. Und wenn nicht, erwartet er euch schon am Ausgang, weil er einem Tyrannosaurier zu nahegekommen ist."

Poppi spann den Gedanken weiter: „Und falls doch nicht?" Das Mädchen lächelte, als würde es in einer Zahnpasta-Werbung auftreten.

„Dann kommt sofort zu mir. Akiko ist mein Name. Ich bin die Saurierstess dieser Attraktion im Tal der Donnerechsen und werde sofort etwas unternehmen."

Dominik glaubte, nicht richtig gehört zu haben. „Haben Sie soeben ‚Saurierstess' gesagt?", erkundigte er sich.

Die Japanerin nickte. „Stewardessen gibt es im Flugzeug. Saurierstessen im Tal der Donnerechsen!" Danach brach sie in hohes Gekicher aus.

Lilo gab den anderen ein Zeichen mitzukommen. Das Superhirn der Bande hatte das Gefühl, dass etwas nicht stimmte. Sie wollte so schnell wie möglich Axel finden.

Kaum waren die drei Freunde im Nebel verschwunden, lief Akiko in eine kleine Höhle neben der Schranke, in der sich verschiedene Schaltknöpfe und Monitore befanden, mit denen die Schlucht der Tyrannos überwacht werden konnte. Akiko betrachtete prüfend die Bildschirme und schaltete immer neue Bilder ein, die von verschiedenen Kameras geliefert wurden. Schließlich wollte sie nach dem Telefon greifen, das an der Wand befestigt war. Sie ließ es jedoch bleiben und holte stattdessen ein winziges Handy aus der Tasche. An ihrer Stimme war zu erkennen, dass das Gespräch einen aufregenden und beunruhigenden Inhalt haben musste. Als die Japanerin das Mobiltelefon zuklappte, durchzogen tiefe Grübelfurchen ihre sonst so glatte Stirn. Sie hatte soeben erfahren, dass nicht alles nach Plan gelaufen war, und sie war schuld daran: Akiko hatte übersehen, dass Axel dem kleinen Japaner nachgehechtet war.

Mittlerweile hatte der Rest der Knickerbocker-Bande bereits unbeschadet die Talenge erreicht. Einmal hätte einer der Tyrannosaurier Dominik beinahe mit einem Fußtritt erledigt, aber Lilo hatte blitzschnell reagiert und ihren Kumpel zur Seite gerissen. Die drei Freunde blieben dicht beisammen, als sie sich durch die enge Stelle der Schlucht quetschten.

Ein donnernder Schrei rechts von ihnen verriet das Auftauchen des nächsten Saurierfeindes.

„Schnell … lauft!“, brüllte Lilo und rempelte Poppi unsanft an, die ziemlich langsam vor ihr ging. Das Mädchen stolperte vorwärts und Lilo und Dominik hinterher. Das jüngste Mitglied der Bande machte dabei aber einen falschen Schritt, kippte zur Seite und stürzte. Poppis Freunde konnten nicht mehr ausweichen und landeten auf ihr.

Mit vor Schreck geweiteten Augen starrten die drei auf das Urzeit-Raubtier, das fast so hoch wie ein dreistöckiges Haus war und sich hinter ihnen aufbäumte.

Der Tyrannosaurus stieß Laute aus, die die Felsen zum Erbeben brachten. Er trampelte und ließ seinen Schädel auf die drei hilflosen Knickerbocker niedersausen. Weit riss er sein Maul auf. Poppi robbte erschrocken nach hinten. „A… A… Axels … Pulli … das Vieh … hat einen Fetzen im Maul … da!“, schrie sie. Dominik und Lilo stockte der Atem. Da waren auch noch ein Hosenbein und ein Turnschuh.

„Auf … weg … raus!“, gab Lilo das Kommando.

Die Freunde strampelten sich frei und torkelten gebückt weiter durch den Nebel. Damit sie einander nicht verloren, hielten sie sich an den Händen. Neben und hinter ihnen dröhnte und brüllte es. Aber die Knickerbocker waren schneller als die Raubsaurier. Keuchend und schwitzend erreichten die drei den Ausgang und hasteten aus der Schlucht.

„Sofort zu Akiko … Axel ist etwas zugestoßen!", schrie Lilo und versuchte, die Orientierung zu finden. Wohin mussten sie laufen?

Die Juniordetektive umrundeten nun von außen die künstliche Schlucht und eilten zu dem japanischen Mädchen am Eingang. Die drei waren so aufgeregt, dass sie kaum atmen konnten und nur mit Mühe stammelnd und stöhnend erzählten, was sie entdeckt hatten.

Akiko gefror das Lächeln im Gesicht. Sie telefonierte und gleich darauf traf eine Kollegin von ihr ein, um sie abzulösen.

„Bitte, kommt mit!", sagte Akiko und lotste die drei Knickerbocker durch die Warteschlange. Die Saurierstess führte Lilo, Poppi und Dominik zu einem niedrigen Häuschen, auf dem ein Schild in Englisch verriet: „Nur für Mitarbeiter". Sie öffnete die Tür und ließ den dreien den Vortritt. Danach folgte sie ihnen und verschloss die Tür sorgfältig hinter sich.

„Was … was tun wir hier?“, verlangte Lilo zu erfahren. Akiko setzte wieder ihr künstliches Lächeln auf und holte eine Spraydose aus der giftgrünen Uniformjacke. Sie richtete sie auf die Gesichter der Knickerbocker und drückte ab. Ein feiner, nach Blüten duftender Nebel quoll heraus. Mit der anderen Hand zückte Akiko ein Taschentuch, das sie sich auf die Nase presste, während sie die drei Freunde völlig einnebelte.

„Das ist … ein Betäubungsmi…!“ Weiter kam Lilo nicht. Ihr Superhirn war außer Betrieb gesetzt worden.

Die Juniordetektive lagen auf dem Fußboden und sahen aus wie tot. Akiko eilte aus dem Häuschen und sperrte die Tür gut ab. Anschließend versteckte sie sich hinter einer der künstlichen Urzeitpflanzen, die dicke Blätter hatte, und benutzte abermals das Handy.

Was aber war mit Axel geschehen?

DER GIFTPFEIL

Als Axel vom Fließband aus dem „Sauriermaul“ befördert wurde, plumpste er vor ein Paar kurze, dicke Beine, die einen gigantischen Fettbauch trugen. Der Junge blickte langsam an den Beinen hoch und entdeckte über dem Rand des Bauches ein dick gepolstertes Gesicht mit zwei kleinen, schwarzen, stechenden Augen, die ihn aufmerksam musterten.

Der Mann, dem sie gehörten, ging unter leisem Schnaufen in die Knie und streckte seine riesige Pranke nach dem Knickerbocker aus. Wie von einer Baggerschaufel wurde Axel hochgehoben, bis er nur noch auf den Zehenspitzen stand und mit dem Nilpferdmann auf Augenhöhe war.

Der Fleischberg schleuderte dem Jungen einige

Wortfetzen ins Gesicht, die dieser natürlich nicht verstand. Er schüttelte Axel und drohte ihm mit der anderen Hand eine Ohrfeige an.

Der Knickerbocker spürte, wie ihm übel wurde. Alle Kraft wich aus seinem Körper. Erst der Schreck mit dem Tyrannosaurier und jetzt diese Muskelmaschine, die ihn verprügeln wollte.

„Hilfe!“, brüllte er laut. Im nächsten Moment spürte er die fette Hand des Mannes auf seinem Mund. Als er zu strampeln begann, legten sich die Finger auch noch um seine Nase, sodass er keine Luft bekam und Angst hatte zu ersticken. Er musste sofort aufhören sich zu wehren. Erst dann lockerte der Mann den gemeinen Griff.

Der Fettkoloss gab Axel ein Zeichen, sich still zu verhalten und mit ihm zu kommen. Er ließ ihn zu Boden und schubste ihn vor sich her. Sie bogen aus dem schmalen Weg, der vom Ausgang der Tyrannoschlucht wegführte, auf eine breite Straße, die die verschiedenen Attraktionen im Tal der Donnerechsen miteinander verband.

Hier liefen viele Leute aufgeregt durcheinander, und Axel überlegte, wie er von jemandem Hilfe bekommen konnte. Die Chancen waren gleich null, da es sich ausschließlich um Japaner handelte und er sich nicht verständlich machen konnte. Also blieb dem Jungen nichts anderes übrig, als artig vor dem Nilpferdmann herzutrotten. Dieser hatte eine seiner dicken Pfoten auf Axels Schulter gelegt, um jeden Fluchtversuch im Keim zu ersticken. Außerdem lenkte er auf diese Art seine Schritte.

Umso mehr verwunderte es den Knickerbocker, als sein Bewacher plötzlich die Hand zurückzog. Axel drehte sich nach hinten, um den Grund zu erfahren, und stolperte fast vor Schreck.

Hinter dem Fettkoloss war die blonde Japanerin aufgetaucht, die den japanischen Jungen durch die Tür gezerrt hatte. In der Hand hielt sie einen kleinen, nicht einmal zwanzig Zentimeter großen Bogen, in den ein kurzer Pfeil eingespannt war. Sie hatte ihn auf das Nilpferd gerichtet, das höllische Angst davor zu haben schien. Die Frau zischte ihm etwas ins Ohr und der Dickbauch packte Axel wieder an der Schulter. Er bugsierte ihn auf den Hintereingang einer Saurier-Attraktion zu. Es handelte sich dabei um eine Bahn, in der man auf dem Rücken eines Urvogels – eines Archäopteryx – fliegen konnte. Der Fette sperrte die Tür auf und stieß Axel hinein. Danach folgte er ihm und die Frau blieb dicht dahinter.

Sie standen nun in einem engen, dunklen Raum und über ihren Köpfen krachte und ratterte die Maschinerie der Attraktion. Ohne Warnung ließ die blonde Japanerin den Pfeil aus dem Bogen zischen. Er traf den Nilpferdmann am Hals und blieb dort stecken. Axel taumelte zurück, bis er die Wand hinter seinem Rücken spürte.

Der fette Japaner machte einige äußerst tollpatschige Schritte, sackte ein und sank zu Boden. Am Heben und Senken seines Brustkorbes konnte Axel erkennen, dass er nur betäubt war. Aber was hatte die Frau mit ihm vor?

Die Blonde packte den Knickerbocker am Arm und zog ihn unsanft hinter sich her. Als er Widerstand leistete, richtete sie den kleinen Bogen auf ihn, in den sie bereits den nächsten Pfeil eingelegt hatte. Ihr weiter Ärmel rutschte dabei ein Stück in die Höhe und gab den Blick auf wilde, bunte, verschlungene Muster frei. War das ein Shirt oder …? Nein, das war eine Tätowierung. Die Frau hatte einen völlig tätowierten Arm. Als sie bemerkte, dass der Junge daraufstarrte, schob sie hastig den Ärmel bis zum Handgelenk hinunter und fuchtelte mit dem kleinen Bogen herum.

Augenblicklich wurde Axel gefügig und folgte

ihr. Die Frau brachte ihn zu einem „Saurier-Restaurant“, schleppte ihn zur Toilette und öffnete dort einen Notausgang. Dahinter parkte ein Jeep. Die hintere Ladeklappe wurde geöffnet und Axel bekam einen Stoß in den Rücken. Er sah gerade noch den schlafenden Jungen, der dort auf der Transportfläche lag, bevor auch er einen leichten Stich am Hals spürte. Axel hob die Hand und berührte mit den Fingern einen Pfeil. Er schaffte es nicht mehr, ihn herauszuziehen, denn über ihn senkte sich die Ohnmacht wie ein warmer dunkelgrauer Schleier.

Axel, der mit seinen Freunden schon so viele Abenteuer bestanden hatte, schlief lange. Als er die Augen wieder aufschlug, lag er im Halbdunkeln. Vorsichtig drehte er den Kopf, um festzustellen, wo er sich befand. Diese Bewegung verursachte ihm scheußliche Schmerzen. Er hatte das Gefühl, jemand würde mit einer glühenden Zange in seinem Hirn herumrühren. Trotzdem konnte er sich einiges zusammenreimen.

Erstens: Er lag auf einem sehr niedrigen Bett, knapp über dem Boden.

Zweitens: Die Wände, die er sah, bestanden aus Holzrahmen und Papier! Axel war sich sehr sicher, da er die Schatten von Menschen erkannte, die sich im Nebenraum befanden.

Drittens: Er hörte Musik, die für ihn typisch japanisch klang. Es schien also klar, dass er sich in einem japanischen Haus befand.

Aber wieso war er hierhergebracht worden? In seiner Erinnerung tauchten die blonde Japanerin und der Nilpferdmann wieder auf.

Die zwei müssen zu verschiedenen Gruppen gehören, die auf zwei sehr unterschiedlichen Seiten stehen. Sonst würden sie sich nicht bekämpfen, mutmaßte Axel. Aber welche Gruppen waren das? Die Frau hatte den Jungen offensichtlich entführt. Warum wohl? Und wieso hatte sie ihn, Axel, gleich mitgenommen? Nur deshalb, weil er zu viel gesehen hatte?

Obwohl ihm jede Bewegung höllisch wehtat, richtete sich Axel auf und versuchte auf seinen Beinen zu stehen. Es fiel ihm sehr schwer. Der Boden schwankte unter seinen Füßen und durch seinen Körper schienen Schlangen zu kriechen, die seine Muskeln fraßen. Trotzdem biss Axel die Zähne zusammen und taumelte durch den Raum. Er setzte alles daran, dabei kein Geräusch zu verursachen. Schließlich trennte ihn nur eine Wand aus Papier von den Leuten, die ihn mit einem Giftpfeil betäubt und entführt hatten.

Ich muss hier raus und weg!, hämmerte es dem Juniordetektiv durch den schmerzenden Schädel. Er hatte bereits entdeckt, dass es zwei Schiebetüren gab. Die eine führte in den Nebenraum zu seinen Entführern, die andere in ein Zimmer, aus dem ein geheimnisvolles blaues Licht drang. Axel beschloss, es mit dieser Tür zu versuchen, und kramte in seiner Hosentasche. Glücklicherweise hatte man ihm seine Halogentaschenlampe nicht abgenommen. Die konnte er jetzt wieder einmal gut gebrauchen.

Der Junge legte die Hand an die Tür, die nur aus dünnen Holzbalken und einer Papierbespannung bestand, und ließ sie lautlos zur Seite gleiten. Der Lichtkegel seiner Taschenlampe fiel auf einen hohen Tisch aus blitzendem Chrom mit einer weißen Arbeitsfläche. Axel schluckte. Das war doch ein Operationstisch. Und daneben stand eine dieser typischen großen Operationslampen. Aber es gab noch etwas anderes, was ihn sehr interessierte.

Er ging näher und reckte den Hals. Nein, er hatte sich nicht getäuscht. Hinter dem Operationstisch befand sich ein kleiner Computer, der eingeschaltet war. Das blaue Licht, das er vorhin bemerkt hatte, strahlte der Monitor aus. Auf ihm erkannte der Juniordetektiv ein 3-D-Bild vom Kopf des japanischen Jungen. Das Bild drehte sich unentwegt um die eigene Achse, sodass man den Jungen auch von der Seite und von hinten zu sehen bekam. Anschließend tauchten von links nach rechts dünne Linien auf und schnitten den Kopf in dünne Scheiben, die nacheinander in die Höhe klappten und das Innere des Kopfes zeigten. Es waren der Schädelknochen zu sehen, das Gehirn, die Augäpfel und die Zähne.

Axel rieselte ein kalter Schauer über den Rücken. Allerdings erinnerte er sich dann an einen Bericht, den er im Fernsehen gesehen hatte. Viele Ärzte besaßen heute diese sogenannten Computertomografen, die solche Scheibchenaufnahmen machen konnten. So schaffte man es, viele Krankheiten schnell zu entdecken. Aber war der japanische Junge krank? Wieso hatte jemand diese Computerbilder von ihm gemacht?

Von oben nach unten wischte ein roter Balken über den Bildschirm. Das Bild des kleinen Japaners verschwand und ein anderes tauchte auf. Axel zuckte zusammen, als hätte man ihm einen Peitschenschlag versetzt.

DER BUNTE GARTEN

Auf dem Computerbildschirm drehte sich nun sein eigener Kopf und wurde wie von einem Käseschneider in dünne Scheiben zerlegt. Was auch immer diese Leute hier mit dem kleinen Japaner vorhatten, sie schienen es auch mit Axel zu planen. Ihn packte die Panik. Er musste hinaus, aber wo und wie?

Während er noch überlegte, drangen Wortfetzen an seine Ohren, die im Nebenraum gesprochen wurden. Axel horchte auf. Die Leute unterhielten sich auf Englisch und er bekam ungefähr mit, was sie sagten.

Um besser verstehen zu können, schlich er in das Zimmer zurück, in dem er geschlafen hatte, und stellte sich so nahe wie möglich an die Papierwand.

Er konnte eine hohe und eine tiefe Stimme wahrnehmen. Außerdem redete noch eine dritte Person, die ziemlich heiser zu sein schien. Das Gespräch, das sie führten, hatte etwa diesen Inhalt:

„Es muss noch heute Nacht erledigt werden!"

„Aber ich habe nur mit einem gerechnet. Jetzt sind es zwei."

„Dafür können wir nichts. Der Junge ist plötzlich aufgetaucht. Ich hatte die Wahl zwischen beseitigen und benutzen und habe mich für das Benutzen entschieden."

„Sie wissen, dass es kein einfacher Eingriff ist, und ich kann nicht versprechen, dass ich beide in so kurzer Zeit schaffe."

„Sie müssen, Doktor, schließlich zahlen wir Ihnen ein Vermögen dafür. Denken Sie an das Geld."

Axel hatte genug gehört. Er taumelte zu dem Operationstisch zurück, ließ dabei aber die Schatten, die die drei Gestalten an die Papierwand warfen, nicht aus den Augen. Das hörte sich tatsächlich nach einer Operation an. Was wollten ihm diese Wahnsinnigen antun?

Noch ein anderer Gedanke durchzuckte ihn. Wo wurde der kleine Japaner gefangen gehalten? Er musste ihn mitnehmen. Axel wollte versuchen ihn zu finden.

Zu spät bemerkte der Knickerbocker, dass eine der drei Personen zur Schiebetür getreten war und sie mit einem Ruck geöffnet hatte. Licht fiel aus dem Nebenraum auf Axels Bett. Eine schrille Frauenstimme schrie etwas, worauf auch die anderen Menschen hinter ihr in Bewegung gerieten. Schlagartig war alles rund um Axel hell erleuchtet. Jemand musste einen Zentralschalter betätigt haben. Licht kam aus vielen kleinen Lampen und fiel durch die Papierwände.

Es war die blonde Japanerin, die Axels Verschwinden entdeckt hatte. Als sie ihn vor dem Operationstisch stehen sah, zog sie den kleinen Bogen aus ihrem breiten Stoffgürtel und nahm einen Pfeil aus einem kleinen Köcher.

Der Juniordetektiv reagierte blitzschnell. Er kümmerte sich nicht um Türen, sondern rannte einfach los und sprang mit voller Kraft gegen die nächste Papierwand. Holz splitterte und das Papier riss. Axel spürte, dass unter seinen Füßen kein Boden auftauchte, und er stürzte in die Tiefe. Oft hatte er im Judounterricht das richtige Fallen trainiert und krümmte sich daher jetzt völlig automatisch zu einer Kugel zusammen. Er landete auf weichem Grund und rollte geschickt ab. Zu den bohrenden Schmerzen, die der Giftpfeil in seinem Körper hinterlassen hatte, kamen so wenigstens keine neuen hinzu.

Axel blickte auf und erkannte einen weitläufigen Garten, der von Hunderten Scheinwerfern beleuchtet wurde, die als Lampions getarnt waren. Der Garten bestand aus einem Meer von bunt blühenden Bäumen und Sträuchern, zwischen denen kleine Bäche und Seen angelegt waren. Über sie führten knallrot lackierte Brücken.

Zum Bewundern oder Staunen blieb jetzt keine Zeit. Axel versuchte auf die Beine zu kommen und rannte, so schnell er nur konnte. Normalerweise war Laufen seine absolute Stärke. In dieser Nacht war er allerdings sehr geschwächt und kam deshalb bald außer Atem. Seine Lungen brannten und seine Beine versagten mehrere Male den Dienst. Er hörte, wie hinter ihm die Schritte seiner Verfolger immer näherkamen. Der Juniordetektiv schlug Haken wie ein Hase, um die seltsamen Gestalten zu verwirren. Außerdem wurde es so bedeutend schwieriger, ihn mit einem Pfeil zu treffen. Er kam an kleinen Bäumen vorbei, deren Äste in wilden Verrenkungen zum Himmel strebten, und lief unter hölzernen Torbogen durch, die wie japanische Schriftzeichen geformt waren.

Einmal wagte es Axel sogar, sich umzudrehen. Dabei sah er die blonde Frau und einen Mann in einem schwarzen Gewand, das ihn an einen Karateanzug erinnerte. Das Gesicht des Mannes erschien nur als metallische Fläche, da es von einer Art Maske aus Gitterstäben verdeckt war. Seine beiden Verfolger nutzten die Gelegenheit, dass Axel sein Tempo ein wenig verlangsamt hatte, und beschleunigten ihre Schritte. Sie holten schnell auf.

Der Knickerbocker musste alle Kraft zusammennehmen, damit der Abstand zwischen ihm und seinen Gegnern nicht noch geringer wurde. Sein Kopf war wie leer gepustet, es gab nur noch einen Gedanken darin: Rennen, rennen, rennen, noch schneller, noch schneller, noch schneller! Axel kam sich wie eine mechanische Laufpuppe vor, die die Beine nach vorn schleuderte und nicht darauf achtete, wohin sie trat.

Nachdem der Junge eine besonders lange rote Bogenbrücke überquert hatte, erreichte er einen runden Platz, der mit winzigen weißen Kieselsteinen belegt war. Am Ende des Platzes erkannte Axel ein Tor, das aus dicken Holzstäben bestand. Es war mindestens vier Meter breit und fünf Meter hoch. Links und rechts davon erhoben sich zwei holzgeschnitzte Statuen, die wahrscheinlich japanische Götter darstellen sollten. Sie trugen alte Rüstungen der Samurai, blickten grimmig auf das Tor herab und hielten Kampfhölzer in den Händen. Wie von Geisterhand bewegt, schwenkten die beiden Hälften des großen Tores zur Seite und gaben den Weg aus dem Garten frei.

Axel konnte es nicht fassen. Er hatte den Ausgang gefunden. Außerdem waren die Schritte hinter ihm verstummt. Er schien die Frau und den Mann abgehängt zu haben. Doch das Gift des Pfeils hatte Axel nicht nur große Schmerzen zugefügt, sondern auch seine Denkfähigkeit beeinträchtigt. Er kam nicht einmal auf die Idee, dass es sich um eine Falle handeln könnte. So tappte und torkelte er völlig mechanisch auf das Tor zu. Als er es erreicht hatte, ertönten zwei kurze, scharfe Zischtöne und gleich darauf spürte er einen leichten Stich am Hals. Aus den Kampfhölzern der Torwächter waren Pfeile gesaust. Einer hatte sein Ziel getroffen.

Der Juniordetektiv sank bewusstlos zusammen. Die blonde Japanerin grinste zufrieden, als sie hinter einem Gebüsch hervortrat, das auf die Form eines Totenkopfes zurechtgestutzt war. Auf Japanisch sagte sie zu ihrem Begleiter: „Er hat uns nicht einmal eine Verzögerung bereitet, da der Doktor sich bereits um Shotoku kümmert. Der Kleine ist dann der Nächste. Ich sage dir, er wird uns von großem Nutzen sein. Du wirst sehen …“

SCHRECKLICHES ERWACHEN

Sehr, sehr langsam nur zerrissen die dunkelgrauen Schleier, die Axel umnebelt hatten. Durch die Löcher, die sich in der düsteren Suppe bildeten, erkannte Axel die strahlenden Gesichter seiner Freunde.

„He, wach endlich auf, du verschlafener Vorgartenzwerg!", rief Lilo.

„Es gibt Frühstück!", verkündete Poppi fröhlich.

„Außerdem warten jede Menge neue Saurier-Abenteuer darauf, von uns bestanden zu werden", meinte Dominik.

Im Zeitlupentempo richtete sich Axel auf. Er hatte wieder die glühenden Schmerzen in seinem Kopf erwartet, aber sie blieben aus. Sein Herz begann etwas heftiger zu schlagen und bald darauf war die Mattigkeit aus seinem Körper gewichen. Er war hellwach. Axel befand sich im Zimmer des Dino-Hotels, das er mit Dominik zusammen bewohnte. Eigentlich war es kein Zimmer, sondern eine Höhle, in der alles an die Familie Feuerstein erinnerte. Die Betten bestanden aus dicken Ästen und Steinen und auf ihnen lagen Decken aus Fellen. Der Kühlschrank und der Fernseher waren ebenfalls in Schränken aus Stein untergebracht. Es befand sich keine einzige Glühbirne im Raum. Am Abend konnte man durch Druck auf einen Holzhebel mehrere künstliche Fackeln in Gang setzen.

„Wie ... wie bin ich ... hierher gekommen?", fragte Axel zögernd.

Seine Freunde lachten.

„Na, wie schon? Auf deinen Beinen natürlich! Gestern Abend hast du dich selbstständig in unser Zimmer begeben und auf deiner Bettstatt niedergelegt!", erzählte Dominik in seiner komplizierten, altmodischen Redeweise.

Axel starrte ihn mit ungläubigen Augen an. „Das gibt es doch nicht ... in der Schlucht der Tyrannosaurier ... der Junge, der entführt worden ist ... der fette Mann ... die blonde Japanerin ... die Computerbilder von mir … der Eingriff … der Garten … ich wollte fliehen!“, stammelte er hilflos.

Lilo legte ihm theatralisch die Hand auf die Stirn, riss sie sofort wieder weg und schrie: „Aua, heiß! Ich habe mich verbrannt! Du musst sehr hohes Fieber haben!“

Axel schüttelte den Kopf. „Ich habe kein Fieber! Und ich habe auch nicht geträumt! Es ist wahr! Ich weiß es! Ich war die ganze Nacht fort!“

Für diese Bemerkung erntete er schallendes Gelächter. „Ich muss es wissen, ob du hier warst oder nicht!“, verkündete Dominik. „Du hast nämlich geschnarcht wie sieben Sägewerke zusammen und mir damit meine Nachtruhe geraubt!“

Axel packte seinen Kopf mit beiden Händen und rüttelte ihn. Er versetzte sich selbst eine Ohrfeige und zwickte sich. Anschließend sprang er auf und stürmte in das Badezimmer. Aus einem Wasserhahn, der wie der Rüssel eines Mammuts aussah, schoss ein dicker Wasserstrahl. Axel drehte den Mammutstoßzahn, der daneben angebracht war, auf Blau. Er brauchte jetzt eiskaltes Wasser.

Als er seinen Kopf daruntersteckte, blieb sein Herz fast stehen, so groß war der Kälteschock. Aber auch danach war dem Jungen klar, er hatte nicht geträumt. Doch wieso konnten seine eigenen Freunde behaupten, es sei nichts gewesen?

Axel begann zu zweifeln. Hatte ihn vielleicht ein Doppelgänger vertreten? Als er diese Frage dem Rest der Bande stellte, begannen wieder alle nur zu kichern. Langsam kam ihm der Verdacht, dass bei seinen Freunden etwas nicht stimmte.

„Komm zu dir!“, rief Lilo. „Dein Albtraum ist vorbei. Und jetzt iss etwas. Dann geht es dir bestimmt bald besser.“

Auf dem Tisch im Zimmer stand ein Tablett mit Steinzeitgeschirr und großen Platten, auf denen sich die seltsamsten Früchte türmten. Das „Saurier-Frühstück“ war üppig und bestand nur aus Obst, das keiner der vier je zuvor gesehen hatte. Zum Beispiel zählten dicke, fleischige gelbe Blätter zu Poppis Lieblingsspeise. Sie schmeckten nach Bananen, nach Milch und nach Kuchen. Dominik war wild auf rosa Tomaten, deren Geschmack ihn an Wassermelonen, Ananas, Feigen und Zimt erinnerte.

Während Axel kaute, kam ihm eine Idee. Der „Eingriff“, das bedeutete eine Operation. Das hieß, irgendwo an seinem Körper musste sich eine Narbe befinden. Er rannte wieder ins Badezimmer und sperrte die Tür mit einem Holzriegel ab. Zum Glück befand sich hier ein großer Spiegel. Axel schlüpfte aus seinem Schlafanzug und musterte jeden Zentimeter seines Körpers. Nichts, absolut nichts. Nicht einmal ein Kratzer war zu sehen.

Ziemlich verwirrt ließ er die Arme sinken. Da er keine Wunde und schon gar keine Narbe entdecken konnte, hatten die anderen vielleicht wirklich Recht. Es war alles nur ein Albtraum gewesen. Aber … wieso konnte er sich dann nicht an den vergangenen Abend erinnern? In seinem Kopf waren weder ein Abendessen noch das Schlafengehen vorhanden. Da gähnte ein Loch!

Axel fasste einen Entschluss. Es brachte nichts, die ganze Zeit zu grübeln. Er musste zurück in die Schlucht und dort suchen. Falls er im Maul eines Tyrannosaurus den Turnschuh, das Stück Hose oder den Fetzen seines Pullis finden sollte, hatte er einen Beweis, nicht geträumt zu haben.

Axel stutzte. Sein Pulli! Der Raubsaurier hatte ihn doch zerfetzt! Aber wo war er jetzt? Er stürzte ins Zimmer und durchwühlte den Kleiderschrank. Doch er fand weder die Jeans noch den blauweiß gestreiften Pulli, den er am Vortag getragen hatte.

„Habt ihr die Sachen gesehen?", fragte er Lilo, Poppi und Dominik.

Die drei schienen über die Frage sehr erstaunt. Dominik hob eine Augenbraue, was ihm einen besonders verwunderten Gesichtsausdruck verlieh, und meinte: „Wovon redest du? Du hast nie einen blau-weiß gestreiften Pulli besessen.“

Axel schluckte. Verdammt, was war hier los? Wer war verrückt? Er oder seine Freunde? Das war nicht nur ein Traum gewesen! Oder doch? Axel überkam eine schreckliche Angst. Es war etwas geschehen, was ihm keiner glaubte. Im Tal der Donnerechsen

war etwas im Gange und er war darin verwickelt. Doch seine Freunde schienen nichts zu bemerken. Oder … verdammter, oberkrasser Mega-Mist! Axel kam sich vor wie in einem stockfinsteren Saal, in dem sich irgendwo ein Lichtschalter befand, der so groß wie ein Stecknadelkopf war. Ihn zu erwischen erschien auf den ersten Blick unmöglich.

Aber ein echter Knickerbocker lässt niemals locker!

DER REICHSTE JUNGE DER WELT

Wieder hatten sich die vier Freunde drei Stunden lang angestellt, um in die Schlucht der Tyrannosaurier zu gelangen. Axel interessierte dieses Mal allerdings nur eine einzige der Schreckensechsen: Es war der Tyrannosaurus in der Enge des Tals. Axel hatte sich von ihm einen Hinweis auf die Ereignisse des Vortages erhofft, aber seine Erwartungen wurden enttäuscht. Das Monster schien sich die Zähne geputzt zu haben. Weder Schuhe noch Stofffetzen waren in seinem Maul zu finden.

Gemeinsam mit den drei anderen schlenderte der Junge später zum Brontosaurus-Ritt. Bei dieser Attraktion ritten die Besucher auf kleinen Brontosauriern. Klein klang dabei lächerlich, denn jedes der Tiere hatte noch immer die Länge eines Autobusses und war fast zwei Stockwerke hoch. Doch in der Saurierzeit hatten die Brontosaurier sogar eine Höhe von etwa vier Stockwerken erreicht.

Die Tour führte durch eine Landschaft, wie sie vor über 120 Millionen Jahren ausgesehen haben könnte.

Auch hier hieß es wieder anstehen und Geduld haben. Als die vier Freunde endlich beim Eingang ankamen, zuckte Axel plötzlich zusammen. Wie eine Wühlmaus bohrte sich der kleine Japaner wieder durch die Menge und wollte sich vordrängen. Axel zögerte nicht und packte ihn an seinem Sakko.

„Oh nein, heute nicht!“, zischte er.

Der Junge blickte ihn halb erstaunt, halb erschrocken an und rief dann etwas auf Japanisch. Sofort tauchte der Nilpferdmann auf und befreite den Jungen aus Axels Klammergriff.

„Scheint sein Leibwächter zu sein!“, murmelte Lilo.

„Dieser Mann hat mich am Ende der Schlucht der Tyrannosaurier abgefangen!“, berichtete Axel aufgeregt.

Lilo lächelte: „Du meinst, in deinem Traum!“

Axel wollte protestieren, aber dann kam ihm ein

anderer Einfall. Es gab jemanden, der ihm Auskunft geben konnte, und das war der Junge. Axel musste dazu nur irgendwie mit ihm ins Gespräch kommen.

„He, du, sprichst du zufällig Deutsch?“, fragte er ihn einfach.

Der kleine Japaner nickte höflich und antwortete fast ohne Akzent: „Ich spreche nicht nur Deutsch, sondern auch Englisch, Französisch und ein wenig Chinesisch. Diese Sprachen sind für meine spätere Aufgabe sehr wichtig!“

Poppi traute ihren Ohren nicht: „Der redet ja fast so verdreht wie Dominik!“, zischte sie Lilo zu.

Der Fettklops wurde unruhig und wollte den Jungen fortziehen, aber dieser wehrte sich.

„Das ist Tokugawa, mein Leibwächter. Er meint es immer zu gut mit mir. Mein Name lautet übrigens Shotoku Nintao! Ich möchte mich für mein schlechtes Betragen euch gegenüber entschuldigen. Meine Erziehung gebietet mir, immer freundlich und höflich zu sein, aber von Zeit zu Zeit verspüre ich das Bedürfnis nach ein wenig Abwechslung. Ich möchte auch einmal ‚schlimm‘ sein!“

Der Junge verneigte sich und die Knickerbocker-Freunde stellten sich vor. Dominik runzelte die Stirn. „Nintao? … So ein Zufall. Der Besitzer des

Tals der Donnerechsen heißt auch Nintao. Ist das ein häufiger Name in Japan?"

Shotoku verneinte. „Dieses Wunderland der Dinosaurier wurde von meinem Großvater erdacht und erbaut. Leider verstarb er vor vier Wochen. Sein einziger Erbe bin ich."

Axel konnte es nicht fassen. „*Du* bist der Besitzer des Tals der Donnerechsen?"

Der kleine Japaner grinste. „Außerdem bin ich der Besitzer von vier Kaufhausketten, drei Hotelketten, mehreren Bohrinseln, vier großen Elektrofirmen und vor allem – was mir am besten gefällt – von einem Unternehmen, das die beliebtesten Computerspiele der Welt herstellt. Ich bin, ohne übertreiben oder angeben zu wollen, der reichste Junge der Welt."

Axel war augenblicklich klar, dass es einen grandiosen Grund gab, wieso jemand Shotoku entführen wollte. Aber er fand keine Begründung, warum ihn jemand wieder zurückbringen sollte.

„Als Besitzer dieses Vergnügungsparks muss ich selbstverständlich alle Attraktionen kennen, deshalb teste ich sie", erklärte der japanische Junge.

„Dann können wir doch gemeinsam den Brontosaurier-Ritt machen!", schlug Axel vor.

Shotoku war einverstanden.

Da immer nur zwei Personen auf einem Brontosaurier reiten konnten, hatte Axel gleich darauf Gelegenheit, mit dem Japaner allein zu reden. Die Jungen hockten in einer Art Korb auf dem Rücken des mächtigen Tiers, das sich mit schwankenden Schritten in Bewegung setzte.

„Shotoku, du warst doch gestern in der Schlucht der Tyrannosaurier und bist dort in eine Felsspalte gelockt worden. Eine blonde Frau hat dich entführt und betäubt, nicht wahr?"

Der kleine Japaner richtete sich mit einem Ruck auf und starrte Axel entgeistert an. „Woher kennst du meinen Traum?", wollte er wissen.

„Das war kein Traum“, sagte Axel eindringlich. „Wer will dir einreden, dass du nur geträumt hast?“

Shotoku überlegte und antwortete dann: „Niemand, aber als ich heute Morgen in meinem Bett aufgewacht bin, ist mir genau diese Geschichte eingefallen, und ich dachte mir: Das kannst du nur geträumt haben.“

Axel schilderte dem Jungen alles, was er in den vergangenen vierundzwanzig Stunden erlebt hatte.

Shotoku staunte. „Du meinst, ich wurde operiert?“, fragte er fassungslos.

Axel nickte.

„Aber mein Körper weist keine Wunden auf!“

Darüber hatte sich Axel auch gewundert. „Meiner auch nicht, aber sie haben etwas mit uns gemacht. Außerdem …!“ Erst jetzt kam ihm etwas Wichtiges zu Bewusstsein. „Außerdem gibt es noch einen Zeugen: deinen Leibwächter!“

Shotoku beschloss, ihn sofort nach dem Brontosaurier-Ritt zu befragen.

Tokugawa, der Leibwächter, reagierte auf die Frage reichlich verwirrt. Er war am Morgen in seinem Schlafzimmer, das neben Shotokus lag, aufgewacht und konnte sich erinnern, einen entsetzlichen Traum gehabt zu haben. Allerdings wusste er nicht mehr so genau, was darin vorgekommen war. Shotoku gab ihm mehrere Stichworte, aber Tokugawa schüttelte jedes Mal nur den Kopf. Bei einem schien er aufzuhorchen. Shotoku erklärte Axel, dass es der japanische Name für Tyrannosaurus war. Allerdings war das kein Beweis. Im Tal der Donnerechsen einen Albtraum von diesen Monsterechsen zu haben, war kein Kunststück.

Der Leibwächter schien es offensichtlich nicht sehr gern zu haben, dass sein Herr zu lange mit anderen Leuten sprach. Deshalb beeilte er sich, die Knickerbocker-Bande und Shotoku zu trennen.

„Ich muss zu einem Treffen der Direktoren dieses Unternehmens“, entschuldigte sich der Junge höflich und verneigte sich. „Doch ich darf hoffen, dass wir uns wiedersehen!“

Lilo sah im grinsend nach. „Man könnte glauben, Shotoku ist bereits vierzig Jahre alt.“

Axel nickte nur. Er war mit seinen Gedanken woanders. Er war sich nun absolut sicher, dass hier vieles nicht stimmte und er *nicht* geträumt hatte. Um ein wenig Klarheit in die Sache zu bringen, lief er zurück in das Dino-Hotel und warf sich auf sein Fellbett. Er zog einen Block heraus und machte folgende Notizen:

FALL „ENTFÜHRUNG VON SHOTOKU IN DER SCHLUCHT DER TYRANNOSAURIER“:
Zu den Entführern gehören eine blonde Japanerin, ein Mann, der eine Art Fechtmaske vor dem Gesicht trägt, und ein Arzt.
Frage: Warum wird Shotoku entführt und wieder zurückgebracht?
Frage: Was wurde ihm und mir eingesetzt?
Frage: Wieso wissen meine Kumpel von allem nichts?
Verdacht: Das Gift in den Pfeilen der blonden Japanerin bewirkt einen tiefen Schlaf, der verwirrt macht. Das Gift hat bei Tokugawa sehr gut, bei Shotoku weniger gut und bei mir schlecht gewirkt. Ich bin zu früh aufgewacht. Grund: Als mir der Blinddarm rausgeschnipselt wurde, hat mir der Arzt erzählt, dass sie für mich eine Spezialnarkose gebraucht haben. Alle normalen Betäubungsmittel haben bei mir nicht gewirkt.

Axel kaute an seinem Bleistift und überlegte. Shotoku war doch plötzlich und völlig überraschend in die Schlucht der Tyrannosaurier gesaust. Die Falle für ihn war bereits errichtet, das stand fest. Aber woher wusste die blonde Japanerin, dass er in diesem Moment kommen würde? Dafür gab es eine Erklärung: Das Mädchen neben den Triceratops-Schranken hatte sie benachrichtigt. Das wiederum bedeutete: Zu den Entführern gehörte auch dieses Mädchen.

VIELE FEINDE RUNDHERUM!!!
HÖCHSTE VORSICHT!!!
NIEMANDEM TRAUEN!!!!!!!!!

Das waren die letzten Zeilen von Axels Bericht. Er rollte sich auf den Rücken und starrte zur Decke der Zimmerhöhle. Verdammt! Er fühlte sich elendig allein mit all diesen Gefahren. Von seinen Kumpeln hatte er keine Hilfe zu erwarten. Aber wieso???

Stopp! Moment! Axel warf sich auf den Bauch und kritzelte noch einen Satz dazu:

Verdacht: Meine Knickerbocker-Freunde werden unter Druck gesetzt, diesen Blödsinn zu verzapfen! Aber mit welchem Druckmittel? Es muss etwas Entsetzliches sein, sonst würden sie es nie machen!

Axel biss vor Verzweiflung in seine Faust, dass es schmerzte. Der Junge hatte plötzlich so viel Angst, dass er am ganzen Körper zu zittern begann. Was hatten sie mit ihm gemacht? Würde er das alles heil überstehen? Wieso half ihm denn keiner?

„DIE GOLDENE STADT"

Es klopfte an der Tür zum Jungenzimmer. Axel bekam einen Riesenschreck. Das Klopfen riss ihn aus seinen Gedanken und brachte ihn in die Wirklichkeit zurück. „Wer … wer ist da?", fragte er mit zittriger Stimme. Seine Überlegungen hatten ihm Angst eingejagt.

„Ich hoffe, du verzeihst die Störung. Ich bin es, Shotoku. Ich habe mit dir etwas äußerst Wichtiges zu besprechen!"

Erleichtert rutschte Axel vom Bett und öffnete dem Jungen. Der kleine Japaner kam sofort zur Sache: „Axel, falls es stimmt, was du mir erzählt hast, so kommt mir dazu ein Gedanke. Am Tag, als mein Großvater starb, erreichte mich ein kleines Kästchen. Es ist schwarz lackiert und zeigt auf dem Deckel goldene Häuser. In dem Kästchen fand ich einen Brief, den mein Großvater geschrieben hatte. In diesem Brief teilt er mir mit, dass er mir hier etwas übergebe, das er nur mir anvertrauen könne. Er beauftragt mich, es zu suchen, zu finden, zu fördern und zu verbessern. Meine Zukunft hänge davon ab. So lauteten seine Worte. Aber noch etwas befand sich in dem Kästchen."

Axel hörte gespannt zu. „Und? Was war das?", wollte er wissen.

Shotoku verzog das Gesicht und blickte sehr verlegen. „Du wirst mir kaum Glauben schenken, wenn ich es dir verrate: Es handelt sich um eine Disc. Auf ihr ist ein Spiel der ganz besonderen, neuen Art gespeichert, bei dem *du* selbst in der Aktion dabei bist. Diese Geräte gibt es noch nicht zu kaufen, aber es wird ein Hit. Das Spiel, das mir mein Großvater schenkte, trägt den Titel: ‚Die Goldene Stadt'."

Axel wurde immer aufgeregter. „Entweder ist das Ganze ein Scherz …"

Shotoku hob abwehrend die Hände. „Mein verehrter Großvater hätte sich nie einen solchen Scherz erlaubt …!"

Also sprach Axel seine nächste Vermutung aus: „Dann wollte er dir damit eine Nachricht übermitteln, die nur du verstehen sollst."

Der Japaner nickte. „Das denke ich jetzt auch. Bei diesen neuen Spielen kenne ich mich nämlich sehr gut aus. Es gibt sogar ein paar Tricks, die keinem außer mir und Großvater bekannt sind."

Axel lief aufgeregt hin und her. „Shotoku, das könnte der Punkt sein. Dein Großvater wollte dir noch etwas sagen, das nur für dich bestimmt ist. Deshalb hat er eine ‚Sprache' verwendet, die ihr beide verstanden habt: dieses neue Spiel. Es klingt verrückt, aber geheime Botschaften werden auf die seltsamste Art und Weise übermittelt. Hast du schon versucht, das Spiel zu spielen?"

Shotoku schüttelte den Kopf. „Bisher war mir dazu nie Zeit geblieben. Aber ich möchte etwas vorschlagen. In wenigen Stunden reise ich zurück nach Tokio, wo ich zurzeit lebe. Komm doch mit. Wir können das Spiel gemeinsam erproben. Du scheinst mir eine gute Spürnase zu besitzen."

Axel war sofort einverstanden. Allerdings wollte er, dass seine Freunde mitkamen. Shotoku lud die übrigen Mitglieder der Knickerbocker-Bande sofort ein.

Lilo, Poppi und Dominik schienen von der Einladung wenig begeistert zu sein.

„Aber wir müssen doch deinem Onkel Arthur jeden Tag einen Bericht über das Tal der Donnerechsen für die Zeitung mailen“, gab Poppi vorsichtig zu bedenken.

Axel sah darin kein Problem. „Wir sind bereits drei Tage im Voraus. Und so lange werden wir nicht in Tokio bleiben.“

Lilo, die sonst für jedes Abenteuer zu haben war, bremste ebenfalls. „Wir müssen zuerst Frau Ogrusek fragen.“ Von der Griesgram-Ziege bekam das Superhirn allerdings keine Unterstützung. Ganz im Gegenteil, die Fotografin war von der Idee begeistert und verlangte mitzukommen.

„Tokio bietet für mich jede Menge Motive für Fotos, die ich dann teuer verkaufen kann“, begründete sie ihren Wunsch.

Lilo, Poppi und Dominik blieb also nichts anderes übrig, als Axel und Shotoku zu begleiten. Am späten Nachmittag startete das luxuriöse Privatflugzeug, in dem sich außer der Bande, dem reichsten Jungen der Welt und Hilda Ogrusek noch Tokugawa befand. Er war von den unerwarteten Gästen nicht begeistert, musste aber tun, was ihm sein „Chef“ auftrug. Und sein Chef war nun einmal Shotoku.

Der Jet brachte sie von der kleinen Insel, auf der sich der Saurier-Vergnügungspark befand, in drei Stunden nach Tokio.

„Stellt euch vor, hier leben über acht Millionen Menschen!“, berichtete Dominik den anderen.

Auf dem Flugplatz wartete bereits eine elegante Luxuslimousine, die die Passagiere über die langen Stadtautobahnen, durch die breiten Straßen, in denen Tausende Neonreklamen brannten, zu einem Hochhaus brachte, dessen Form den vier Knickerbockern bekannt vorkam.

„Das … das ist ja ein Taschencomputerspiel … als Haus!“, stellte Poppi fassungslos fest.

Shotoku lachte. „Richtig! Großvater wollte, dass sein Büro aussieht wie seine berühmteste Erfindung!“

Der lange Wagen schwenkte in eine Tiefgaragenzufahrt und hielt im Untergeschoss des Hauses vor einer knallrosa Schiebetür. Sie öffnete sich automatisch und die Knickerbocker traten in ein gemütlich möbliertes Zimmer.

„Der Lift!“, erklärte Shotoku stolz die Funktion des Raumes.

Nachdem auch Tokugawa und Frau Ogrusek eingestiegen waren, sagte der kleine Japaner etwas in seiner Muttersprache. Die Tür schloss sich und die Fahrt begann.

„Der Lift ist stimmgesteuert!", erläuterte Shotoku. „Übrigens befinden sich in diesem Gebäude nicht nur Büros. Die obersten drei Stockwerke werden von meinem Onkel Yoritomo und mir bewohnt."

Axel zögerte kurz, wagte es dann aber doch zu fragen: „Und wo sind deine Eltern?"

Shotoku blickte auf seine Schuhe. „Sie sind beide ums Leben gekommen. Vor zehn Monaten ... Es ist über dem Meer passiert ..."

Die vier Juniordetektive machten betretene Gesichter. Shotoku richtete sich auf und verkündete mit fester Stimme: „Deshalb ist es meine Aufgabe, die Geschäfte in ihrem Geist fortzuführen. Schließlich bin ich der Letzte der Familie, der das tun kann!"

Dominik wunderte sich: „Und was ist mit deinem Onkel?"

Shotoku blickte ernst. „Onkel Yoritomo ist ein lustiger Mensch, aber Großvater sagte oft: ‚Aus seinem Mund kommt viel Gift. Man kann ihm nicht trauen.‘ Deshalb habe ich auch den größten Teil unseres Firmen-Imperiums geerbt. Mein Onkel ist fast leer ausgegangen.“

Ein kaum spürbarer Ruck verriet, dass der Lift am Ziel angekommen war. Die Lifttür schob sich zur Seite und die Bande betrat einen riesigen Raum. Die Wand, die vor ihnen lag, bestand nur aus Glas und war mindestens sieben Meter hoch. Poppi erkannte sie sofort wieder. Von außen betrachtet handelte es sich um den „Bildschirm“ des Monster-Computerspiels. Es befanden sich nur wenige niedrige Sitzmöbel in der Wohnung. Dafür standen auf zahlreichen Säulen elektronische Geräte, die an ein Raumschiff erinnerten.

Tokugawa führte Frau Ogrusek in ihr Zimmer, die Knickerbocker blieben mit Shotoku alleine zurück.

„Kommt, wir schauen uns sofort ‚Die goldene Stadt‘ an!“, forderte der junge Japaner seine neuen Freunde auf. Er eilte auf eine schräge Rampe zu, die sich mitten im Raum befand. Jetzt erst fiel den Knickerbockern auf, dass es sich um eine Rolltreppe handelte, die in das nächste Stockwerk führte. Sieben Türen gab es hier. Shotoku rief seinen Namen, worauf sich eine der Türen automatisch öffnete.

Die vier Freunde betraten das Zimmer des Jungen und grinsten. Viel anders als bei ihnen sah es hier nicht aus. Von Ordnung schienen auch junge Japaner nichts zu halten. Es herrschte das totale Chaos. Shotoku blieb erschrocken stehen und sah sich um. Dann lief er auf einen kleinen Schrank zu und durchstöberte die Fächer. Er ließ sich auf die Knie fallen und rutschte über den Fußboden, wühlte und kramte und wurde immer hektischer. Schließlich richtete er sich auf, streckte den Knickerbockern eine leere, schwarze Schatulle entgegen und sagte: „Das Computerspiel, das mir mein Großvater überlassen hat, ist weg. Ich habe den Verdacht, dass Einbrecher mein Zimmer durchsucht und es gefunden haben."

EIN GUTER TRICK

Für Axel gab es keinen Zweifel mehr: „Dieses Computerspiel ist der Schlüssel zu etwas sehr Wichtigem. Aber wer hat – außer dir – davon gewusst?"

Shotoku gab keine Antwort, sondern rief nach seinem Leibwächter. Tokugawa kam – für sein ungeheures Gewicht – schnell und leichtfüßig gelaufen und betrachtete aufgeregt die Verwüstung. Der japanische Junge und der Mann unterhielten sich hektisch.

„Es ist Tokugawa unerklärlich, wie jemand in das Apartment eindringen konnte, da die Sicherungsanlage aktiviert war", berichtete Shotoku. „Er will meinen Onkel befragen."

Axel warf Lilo einen Blick zu. Das Mädchen war

sonst das Superhirn der Knickerbocker-Bande, das sich sofort auf jeden neuen Fall stürzte, der sich auftat. Diesmal aber schien sie völlig kalt und uninteressiert zu bleiben.

„Ihr beiden lauft einer völlig irren Idee nach“, sagte sie bloß und schüttelte verständnislos den Kopf.

„Und bei dir scheinen im Hirn ein paar Mikrochips verschmort zu sein, du oberdämliche Sumpfziege!“, fauchte Axel. „Wieso behandelst du mich wie einen Vollidioten?“

Dominik grinste: „Richtig, wieso? Keiner ist vollkommen!“ Er kicherte kurz, bevor sich Axel auf ihn stürzte und ihn zu Boden riss. Dominik wusste, dass er gegen seinen Kumpel keine Chance hatte. Axel war stärker und im Raufen äußerst geübt. Blitzschnell hatte er Dominik auf den Rücken gedreht und kniete auf seiner Brust.

„He, hört auf! Spinnt ihr?“, rief Lilo und versuchte die beiden zu trennen.

„Nein, *ich* spinne nicht!“, stellte Axel fest. „Aber euch scheint jemand die grauen Zellen mit dem Löffel aus dem Kopf geholt zu haben. Und wenn ihr es mir nicht sagt, werde ich herausfinden, wer das war.“

Axel konnte sehen, wie sich seine drei Freunde wanden. Poppi öffnete schon den Mund, um etwas zu sagen, aber dann ließ sie es doch bleiben. Was war bloß mit den dreien los?

Shotoku, der ein wenig hilflos den Streit verfolgt hatte, sagte: „Bitte, bewahrt Frieden. Böse Worte können mehr zerstören als Bomben!“

Lilo funkelte wütend und knurrte: „Stimmt und Axel ist eine Stinkbombe! Eine *kleine* Stinkbombe!“

Nichts konnte den Knickerbocker mehr in Wut bringen als eine Anspielung auf seine Größe, denn er war fast einen halben Kopf kleiner als Lilo. Er bebte am ganzen Körper und überlegte, ob er ihr die Zöpfe einzeln ausreißen oder ihr ein blaues Auge verpassen sollte.

Shotoku trat entschlossen zwischen die beiden und hob die Arme. „Schluss! In meinem Zimmer herrschen Ruhe und Frieden. Außerdem habe ich euch eine wichtige Mitteilung zu machen.“

Axel und Lilo starrten einander an wie zwei kampfbereite Saurier, die sich im nächsten Augenblick aufeinanderstürzen wollten. Was der kleine Japaner zu sagen hatte, ließ Axel allerdings seinen Zorn vergessen: „Die Disc mit der ‚Goldenen Stadt‘ befindet sich nach wie vor in meinem Besitz!“

Axel konnte es nicht glauben. „Wieso das?"

Shotoku lächelte sehr stolz und triumphierend. „Weil mir gerade eine wichtige Erinnerung gekommen ist. Ich hatte von Anfang an das Gefühl, dass Großvaters letztes Geschenk in Gefahr war. Deshalb nahm ich die CD aus der Schatulle und löste das Etikett ab, auf dem der Titel stand. Ich klebte es auf eine ähnliche CD und legte diese zurück in die Schachtel. Die echte ‚Goldene Stadt' steht hier im Regal. Sie trägt keine Aufschrift."

Der Junge zeigte auf eine Reihe von Computerspielen, die ordentlich nebeneinander in ein Fach geschichtet waren. Die eine CD ohne Titeletikett fiel kaum auf. Axel klopfte seinem neuen Freund auf die Schulter. „Super gemacht, Shotoku. Toller Trick. Der Dieb wird sich wundern!"

Aus dem unteren Geschoss ertönte die Stimme von Tokugawa. Skotoku und die Knickerbocker-Bande verließen das Zimmer und fuhren mit der Rolltreppe wieder nach unten. In dem riesigen Wohnraum wurden sie von Frau Ogrusek, dem Leibwächter und einem zweiten, sehr hageren, groß gewachsenen Japaner erwartet.

„Das ist mein Onkel Yoritomo", stellte Shotoku den Mann vor.

„Ich begrüße die Gäste meines Neffen“, sagte der Japaner höflich und verneigte sich leicht.

Axel musterte ihn eingehend. Yoritomo sah nicht aus wie jemand, aus dessen Mund „Gift“ kam. Sein Gesicht schien stets zu lächeln.

„In Kürze wird es Essen geben“, kündigte Shotoku an und führte die Besucher in einen Raum, der einen Stock tiefer lag.

Dort erwartete sie eine lange, sehr niedrige Tafel, die aus vielen lackierten Tischchen zusammengestellt war. Stühle gab es keine. Alle mussten sich auf

die honiggelben Matten auf dem Boden knien. Etwas hilflos blickten die Knickerbocker auf die Stäbchen, die es hier statt Messer und Gabel gab. Vor jedem Gast stand eine kleine Schale mit einem Deckel. Ein Koch füllte diese Schalen mit Reis und erklärte, was sich auf den zahllosen Tellerchen befand, die über den Tisch verteilt standen. Geboten wurde vor allem Gemüse, gebacken, gebraten und gekocht, mit den verschiedensten Soßen. Darunter befanden sich auch Seetang, Farne und viele Köstlichkeiten aus Sojabohnen. Vor Axel stand eine Platte mit Reisbällchen, die mit weißen, rosafarbenen und roten Fleischstücken belegt waren.

„Das ist Sushi", erklärte Onkel Yoritomo. „Roher Fisch: Lachs, Butterfisch, Tintenfisch und Thunfisch!" Axel verzog das Gesicht und widmete sich lieber dem Gemüse.

Satt wurden die Knickerbocker nur langsam. Das Essen mit den Stäbchen war äußerst anstrengend. Zum Abschluss servierte der Koch auf einem besonders schön bemalten Teller papierdünne, weiße, glänzende Scheiben.

Shotoku deutete darauf und verkündete: „Euch zu Ehren, Fugu, eine besondere Spezialität!"

Die vier Freunde wussten, dass sie kaum ablehnen konnten, ohne ihren Gastgeber zu beleidigen. Also griffen sie zaghaft zu. Sie kosteten und ihre Begeisterung war nicht übergroß.

„Was … was ist Fugu?“, wagte Lilo schließlich zu fragen.

Shotokus Onkel erklärte es ihr: „Fugu ist ein Fisch. Seine Leber ist so giftig, dass nur ein Tropfen ihres Saftes einen Menschen töten kann.“

Axel, Lilo, Poppi und Dominik ließen gleichzeitig die Stäbchen mit Resten ihres Fugustückchens fallen.

„Es ist eine hohe Kunst, den Fugu so zu zerlegen, dass seine Leber nicht verletzt wird“, fuhr Yoritomo fort. „Deshalb dürfen nur ausgebildete Köche diese Arbeit ausführen. Unser Koch ist Spezialist dafür. Beim Essen des Fugus kommt zum Genuss auch der Kitzel der Nerven hinzu.“

Die Bande saß regungslos da und wartete darauf, vergiftet umzufallen. Aber der Koch schien den Fisch gut zerteilt zu haben. Trotzdem spürten die Knickerbocker ein eigenartiges Grimmen und Ziehen in ihren Bäuchen. Sie hatten genug für heute und sehnten sich nach ein paar Tafeln Schokolade und einigen saftigen Hamburgern.

Wie auf Kommando begannen alle vier heftig zu

gähnen. Es war die einzige Möglichkeit, sich auf höfliche Art und Weise vom Essen zurückzuziehen. Shotoku verstand sofort und begleitete sie zu ihren Schlafräumen. Poppi und Lilo bezogen ein Zimmer, Dominik und Axel teilten sich ein zweites.

Ohne „Gute Nacht“ zu sagen, verzog sich Axel ins Bett. Er hatte von den anderen vorläufig genug. Was auch immer mit ihnen los war, sie konnten ihn doch nicht so blöd dastehen lassen. Er wusste, dass er diesmal völlig auf sich allein gestellt war.

Mitten in der Nacht erwachte Axel. Ein Geräusch hatte ihn geweckt. Er blickte sich verschlafen um.

War irgendetwas los? Ja, die Tür stand offen und vom Vorraum fiel ein dünner Lichtstreifen in das Zimmer. Dominiks Bett war leer. Axel setzte sich auf und lauschte angespannt. Wo war sein Kumpel?

„He, wer bist du?“, hörte er irgendwo, nicht weit entfernt, Shotoku sagen.

„E… e… entschuldige, ich habe mich nur in der Tür geirrt“, stammelte Dominik und kehrte gleich darauf in das Schlafzimmer der Jungen zurück.

„Wo warst du?“, flüsterte Axel.

Dominik zuckte erschrocken zusammen, als wäre er gerade bei einer verbotenen Sache ertappt worden. „Wo denkst du, werde ich gewesen sein? In der Nilpferd-Disco, beim Elefanten-Ballett oder auf der Toilette?“

Axel warf sich schnaubend in die Kissen und drehte sich weg. Es dauerte nur wenige Minuten und er war wieder eingeschlafen. Allerdings erwachte er in dieser Nacht noch einmal. Wieder war Licht im Zimmer und abermals war Dominiks Bett leer.

„Hoffentlich ist der Trottel nicht ins Klo gefallen!“, brummte Axel, bevor er wieder die Augen schloss.

WER IST DER DIEB?

Beim nächsten Mal wurde Axel nicht von alleine wach. Jemand rüttelte ihn heftig an der Schulter.

„Bitte, wach auf! Axel, es ist etwas Entsetzliches geschehen!“

Er brauchte diesmal lange, um zu sich zu kommen. „Morgen, Shotoku, bist du schon auf?“, fragte er etwas dämlich.

Der kleine Japaner trug einen hellblauen Morgenmantel aus Seide und schien völlig außer sich zu sein. „Axel, die ‚Goldene Stadt‘ ist verschwunden!“, berichtete er mit zittriger Stimme.

Diese Worte wirkten besser als zwanzig Wecker zusammen. Axel hechtete aus dem Bett und rannte in Shotokus Zimmer. Tatsächlich! Dort, wo die unbeschriftete CD im Regal gestanden hatte, klaffte eine Lücke. Der Dieb schien genau gewusst zu haben, was er wollte. Ein Griff und er besaß, wonach er suchte. In Axels Kopf zogen dunkelschwarze Wolken auf. Es gab nur fünf Personen, die wussten, auf welcher CD sich das Spiel „Die Goldene Stadt" befand.

Es kamen lediglich Lilo, Poppi, Dominik, Shotoku und er selbst in Frage! Er und Shotoku fielen als Diebe aus. Blieben seine Knickerbocker-Kumpel, die sich ohnehin schon die ganze Zeit äußerst merkwürdig benommen hatten.

Stopp! Axels Zorn steigerte sich zum Orkan. Dominik! Er hatte doch in dieser Nacht zweimal das Zimmer verlassen und einmal war er sogar zu Shotoku gegangen. Axel raste in sein Schlafzimmer zurück und zerrte den völlig verdutzten Dominik an der Pyjamajacke aus dem Bett.

„Sag sofort, was du mit dem Spiel gemacht hast! Wo ist es? Wieso hast du es geklaut? Was ist mit euch nur los?", brüllte Axel und schüttelte seinen Kumpel dabei so heftig, dass der Stoff des Schlafanzugs zerriss.

„Wovon redest du? Ich verstehe dich nicht!", stammelte Dominik verwirrt. „Ich vermute ja schon seit einiger Zeit, dass du eine geistige Störung hast. Du brauchst dringend einen Arzt!"

Für diese Bemerkung bekam er eine schallende Ohrfeige. Axel ließ seinen Freund – oder besser gesagt Exfreund – einfach fallen und drehte sich weg. Die Mädchen, die aus ihrem Zimmer gelaufen kamen, starrten die Jungen entsetzt an.

„Ich will mit euch nichts mehr zu tun haben!", schrie Axel. „Ihr seid Verräter! Ich weiß, dass ihr mit den Gaunern aus dem Tal der Donnerechsen unter einer Decke steckt. Was haben sie mit euch gemacht? Eine Gehirnwäsche? Oder haben sie euch so viel Geld angeboten, dass ihr schwach geworden seid?"

Klatsch! Diesmal gab es eine Ohrfeige für Axel. Lilo funkelte ihn wütend an und fauchte: „Vorgartenzwerg, reg dich ab. Ich will auch nichts mehr mit dir zu tun haben. Wenn jemand von mir behauptet, dass ich mich mit Geld bestechen lasse, dann ist er ein Oberarsch!"

„Was soll der Krach?", mischte sich eine bekannte Stimme ein. Frau Ogrusek stand in der Tür und musterte die Bande fragend. An einer Antwort war sie aber offensichtlich gar nicht interessiert. „Ich habe mit eurem Onkel gesprochen. Er will von euch noch andere Fotos und Berichte. Heute werden wir Sumoringer besuchen und dort einige Bilder von euch schießen. Die Reportage erwartet er bis heute Abend. Ich habe mich erkundigt. Es gibt Schaukämpfe in der Stadt. Sie verlaufen nicht nach den strengen Regeln des Sumoringens, aber die Kämpfer sind genauso fett wie die echten Sumos. Für mich ist das die Hauptsache."

Axel verschränkte die Arme vor der Brust und knurrte: „Ich mache nicht mehr mit!"

Aber die Fotografin wischte diesen Satz einfach weg. „Ihr habt diese Aufgabe übernommen und werdet sie jetzt auch ausführen. Disziplin, junge Freunde, Disziplin!"

Axel wurde halb wahnsinnig vor Wut. Noch nie hatte es einen solchen Streit innerhalb der Knickerbocker-Bande gegeben. Die Ungewissheit, was geschehen war, während er sich in den Händen der Entführer befunden hatte, ließ ihn verzweifeln. Außerdem wurde alles immer verwirrender. Es musste noch einen Dieb in dem Apartment geben. Der hatte nämlich die falsche CD aus der Schatulle gestohlen. Da sich in der Wohnung aber außer seinen Freunden nur der Koch und Onkel Yoritomo befunden hatten, kamen auch nur die zwei infrage.

Aber weshalb stahl Dominik? Seit wann war ein Knickerbocker auf die Seite der Gauner gewechselt?

Am späten Vormittag trafen Axel und der Rest der Knickerbocker-Bande in einer großen Sporthalle ein. Während der ganzen Fahrt hatte Axel kein Wort mit seinen früheren Freunden gewechselt. Er misstraute ihnen und hatte sogar Angst vor ihnen. Er wurde den Verdacht nicht los, dass der Zwischenfall mit den Tyrannosauriern nur ein kleines Steinchen in einem riesigen Mosaik war. Aber in welchem Mosaik?

In der Halle befanden sich Hunderte Menschen, die rund um ein knichohes Podest saßen, auf dem zwei unfassbar fette, fast nackte Männer standen.

„Tragen die Windelhosen oder was?", kicherte Poppi.

„Es handelt sich hierbei um Sumoringer mit ihren Sumo-Gürteln. Mehr dürfen sie beim Kampf nicht tragen", belehrte sie Dominik. „Bitte beachte ihr Haar. Sie haben es zu einem Knoten aufgesteckt, was früher nur den Samuraikriegern erlaubt war. Ein Sumoringer wiegt bis zu 165 Kilogramm! Früher kämpften sie auf Leben und Tod. Heute gilt es nur noch, den Gegner umzuwerfen."

Lilo sah, wie die Kämpfer ihren Mund ausspülten und etwas Weißes auf die Kampffläche streuten.

„Die Ringer spülen ihren Mund vor dem Kampf immer mit ‚Kraftwasser' aus und streuen danach Salz", erklärte Dominik. „Aber nicht, weil hier Glatteis herrscht, sondern weil damit böse Geister verscheucht werden sollen."

Die beiden schwergewichtigen Männer stellten sich gegenüber auf, gingen dabei leicht in die Knie, starrten einander in die Augen und traten von einem Bein auf das andere.

Hilda Ogrusek drängelte sich bis zur ersten Reihe vor, wo sie ihre Tasche mit der Fotoausrüstung abstellte, die Kamera herausholte und anschließend die Sumoringer bei ihren Kampfvorbereitungen von allen Seiten knipste. „So und jetzt mit euch!", sagte sie zu den vier Knickerbockern.

„Ich gehe aber nicht zu den Fettmöpsen in den Ring!", protestierte Poppi.

Frau Ogrusek schnaubte ungeduldig. „Du sollst dich davorstellen, dummes Ding!"

Poppis Augen verengten sich zu schmalen Schlitzen: „Griesgram-Ziege!", zischte sie leise, tat aber dann, was von ihr verlangt wurde.

Artig grinste Axel in die Kamera. Gleichzeitig ge-

wahrte er aus den Augenwinkeln, wie sich ein dünner Arm zwischen den Zuschauern durchbohrte, die hinter der Fotografin saßen und heftig über die Frau schimpften. Axel drehte den Kopf und sah den Arm genauer. Er war von knapp über dem Handgelenk bis zur Schulter mit wilden, verschlungenen Ornamenten und Mustern verziert. Es musste sich um Tätowierungen handeln. Die blonde Japanerin war wieder da! Und jetzt schnappte sie sich eine der beiden Fototaschen von Frau Ogrusek. Mit einer schnellen Handbewegung zerrte sie die Tasche zwischen den Leuten hindurch nach hinten.

Das war die Gelegenheit, seinen Kumpeln den endgültigen Beweis zu liefern, dass er nicht geträumt hatte. „Da ist die Frau, die mich entführt hat!“, schrie Axel und nahm die Verfolgung auf. „Los, kommt mit!“ Er renkte sich fast den Hals aus, als er nach den hellen Haaren der Gaunerin Ausschau hielt. Aber er konnte sie nirgendwo entdecken. Hinter der letzten Zuschauerreihe bemerkte er schließlich eine Bewegung. Dort lief jemand. Eine Person, die etwas Dunkles auf dem Kopf trug. Es verrutschte und darunter strahlte es weizengelb. Die blonde Japanerin.

Axel raste los. Er stürmte durch den Mittelgang bis zur letzten Reihe und kam gerade rechtzeitig, um zu sehen, wie die Frau hinter einem Vorhang verschwand. Er flitzte ihr nach und stolperte in einen kleinen Gang. Eine Tür wurde zugeschlagen. Das Geräusch war von rechts gekommen, deshalb tastete sich der Junge an der rechten Wand entlang. Bald spürte er die Tür und riss sie auf. Vor ihm standen sieben Sumoringer, die drohend von einem Bein auf das andere traten. Hinter ihnen kreischte eine hohe Stimme. Axel erkannte sie sofort. Sie gehörte der blonden Frau. Die Worte, die die Frau von sich gegeben hatte, waren offenbar so etwas wie ein Kommando. Die Sumoringer bildeten einen Kreis um den Jungen, den sie immer enger zuzogen. Ihre harten Fettbäuche schlossen sich wie Schraubstöcke um Axel.

„Nicht, lasst mich raus … Hilfe!“, schrie der Junge. Es gab keinen Ausweg aus diesem menschlichen Gefängnis. Wie einen Ball stießen die Ringer Axel von einem zum anderen. Axel fürchtete, dass sie ihm alle Knochen brechen würden, wenn sie erst einmal zupackten. Immer wieder kreischte die blonde Frau etwas, das die Sumoringer besonders wütend zu machen schien. Die sonst nur im Ring so wilden Männer gingen immer gröber mit Axel um. Er stolperte und stürzte zu Boden. Er landete vor den unerwartet zarten Füßen der Ringer und bemerkte, wie sie auf ihn zustapften.

Axel war klar, dass es reichte, wenn sich einer der Männer auf ihn fallen ließ. Er würde unter den Fleisch- und Fettmassen ersticken. Er hob abwehrend die Hände und flehte: „Bitte nicht … nicht, ich habe nichts getan!“ Aber die wandelnden Menschengebirge kümmerten sich nicht um sein Jammern. Sie stießen einen langgezogenen Schrei aus und …

WAS HAT LILO VOR?

Für Axel schien die Zeit stillzustehen. Noch immer brüllten die Sumos, aber sie taten nichts. Wollten sie ihn quälen, einschüchtern oder fertigmachen?

Der lang gezogene, drohende Schrei der Ringer riss abrupt ab. Dafür brüllten die sieben Männer plötzlich vor Wut und taumelten wieder auseinander. Ein kalter Wasserschwall traf den Jungen mitten ins Gesicht. Sofort erkannte er, was die Kämpfer so aufbrachte. Lilo war ebenfalls in den Raum gekommen, der den Ringern als Garderobe diente, und hatte die Gefahr erkannt. Deshalb hatte sie das eiskalte Wasser aufgedreht und den Daumen auf den Hahn gepresst. Die plötzliche kalte Dusche kam so überraschend, dass sie sogar die harten Sumoringer erschreckte und verwirrte. „Hau ab!“, schrie Lilo.

Axel sprang auf und raste in den Gang hinaus. Draußen blieb er stehen und blickte sich nach Lilo um. Wo blieb sie? Hatten die Ringer sie erwischt?

Nein, da kam sie. Auf allen vieren robbte Lilo aus dem Raum. So tief unten konnten sie die Ringer nämlich nicht so leicht packen. Ihre dicken Bäuche verhinderten das. Sie rappelte sich auf und folgte Axel durch den Vorhang zurück in die Halle, wo der Wettkampf noch immer in vollem Gange war.

„Dominik! Poppi! Raus! Nehmt die Ogrusek mit!“, brüllte Axel durch den Mittelgang den anderen beiden zu. Dic jüngeren Mitglieder der Bande hörten sofort am Klang seiner Stimme, dass Alarmstufe Rot angesagt war. Poppi riss die Fotografin am Arm und Dominik schnappte ihre große Fototasche. So schnell sie konnten, verließen die fünf die Halle.

„Ihre kleine Tasche wurde gestohlen!“, berichtete Axel keuchend. „Ich habe die Diebin verfolgt, aber sie ist entwischt …“

Die Fotografin zuckte nervös mit den Mundwinkeln. „Was … wie entsetzlich …!“, stieß sie hervor.

Dominik stellte die andere Tragetasche ab und

öffnete sie. „Ich hoffe, hier ist noch alles vollständig. Vor allem die teuren Objektive und ...!“ Er stockte. Stumm deutete er in die Fototasche. Frau Ogrusek riss sie ihm aus der Hand, aber es war zu spät. Die anderen hatten gesehen, was Dominik entdeckt hatte.

„Sie Diebin!“, keuchte Lilo. „*Sie* haben das Computerspiel gestohlen. Hier ist es ja!“ Das Superhirn griff unerschrocken in die Tasche und holte die rechteckige schwarze Plastikschachtel heraus. Es gab keinen Zweifel. Es war die CD der „Goldenen Stadt“. Die Klebespuren des abgerissenen Etiketts bewiesen es. Hilda Ogrusek wich ängstlich von der Bande zurück.

„Sie stecken auch mit den Ganoven unter einer Decke!“, schrie Axel. „So wie meine Kumpel!“

„Nein, wir ...!“ Poppi sprach nicht weiter und biss sich auf die Lippe, dass sie blutete.

„Sie miese Person!“, knurrte Dominik.

Die Fotografin fummelte mit zitternden Fingern an ihrer Jacke herum. „Es ... es war das Geld ... das viele Geld ... 30 000 Dollar!“

Axel verstand nicht sofort. „Was meinen Sie?“, fragte er drohend.

„Gestern Abend lagen auf meinem Bett 30 000

Dollar und ein Brief. Ich solle in Shotokus Zimmer schleichen und aus dem Regal ein Computerspiel nehmen, das kein Etikett trägt. Heute solle ich es in meine Fototasche legen und die Tasche vor der ersten Sitzreihe abstellen. Ich habe es in die falsche Tasche gesteckt."

Dominik richtete sich auf und meinte streng: „Mit Ihnen will ich nichts mehr zu tun haben. Das werde ich Onkel Arthur sofort mitteilen!"

Die vier Freunde ließen die Frau einfach stehen und winkten ein Taxi herbei. Der Wagen brachte sie zurück zu dem Hochhaus, in dem Shotoku auf sie wartete.

Axel, der noch immer nicht wusste, ob er seinen Freunden wieder trauen konnte oder nicht, verzog sich in das Zimmer Shotokus. Er brauchte Ruhe. Durch die offene Tür hörte er allerdings, wie Lilo mit Shotoku sprach. „Ich hätte gern einen Kassettenrekorder oder ein anderes Aufnahmegerät. Wir müssen nämlich für einen Radiobericht etwas aufnehmen", sagte sie.

Axel horchte auf. Das war gelogen. Sie arbeiteten nicht für den Rundfunk.

„Was ist das eigentlich für ein Ding?", erkundigte sich das Superhirn.

„Ein Notepad", erklärte Shotoku. „Du schreibst mit einem Stift in Handschrift auf einen Bildschirm. Die Buchstaben werden vom Computer in Druckschrift umgesetzt. An dieses Notepad kann man sogar mehrere Zusatzmonitore anschließen, auf denen andere mitschauen können. Unsere Firma stellt diese Geräte her!"

Lilo tat sehr ungläubig, und Shotoku versprach, es ihr vorzuführen.

Axel versuchte seine Gedanken irgendwie zu ordnen. Woher weiß jemand, dass die CD mit der ‚Goldenen Stadt' kein Etikett trägt?, fragte er sich immer wieder. Die einzige Antwort, die ihm einfiel, lautete: Es muss uns jemand belauscht haben. Wir müssen auch abgehört worden sein, als Shotoku von dem schwarzen Kästchen erzählt hat. Vorher hatte niemand eine Ahnung davon!

Axel sprang auf und raste in die Toilette. Er zog sich splitternackt aus und untersuchte seine Kleidung. War irgendwo eine Wanze eingebaut? Entdecken konnte er allerdings keine. Vielleicht steckte sie in den Klamotten seiner Freunde. Aber keiner von ihnen trug zwei Tage hintereinander dieselbe Kleidung. Wer auch immer sie abhörte, er musste es gründlich machen. Tokugawa, der Leibwächter, fiel ihm ein. Um sich die Hände nicht schmutzig zu machen, hatte er Hilda Ogrusek den Auftrag erteilt, das Computerspiel zu beschaffen. Es musste sich etwas ungeheuer Wertvolles und Wichtiges darin verbergen, wenn so wild nach ihm gejagt wurde.

„Heute möchte ich noch gern etwas wirklich Tolles in Tokio sehen", hörte Axel Lilo sagen.

Shotoku schlug ihr verschiedene Sehenswürdigkeiten wie den Kaiserpalast, den Tempel oder das Schwertermuseum vor. Aber das Superhirn war mit nichts einverstanden.

„In der Stadt gibt es auch riesige Schwimmbäder", erzählte der japanische Junge. „Mit den längsten und großartigsten Wasserrutschen der Welt."

Lilo schien etwas ganz anderes daran zu interessieren: „Ist es dort laut?"

Shotoku lachte. „Und wie!"

Für Lilo stand fest, dass sie dort hinwollte. „Die anderen kommen bestimmt gern mit!", sagte sie laut und eindringlich.

Axel wusste, dass dieser Tonfall bedeutete: „Mitkommen, kapiert!" Aber warum und wozu?

„In einer Stunde können wir fahren. Vorher müssen Dominik, Poppi und ich uns aber noch ausruhen!", verkündete Lilo.

Die drei zogen sich in das Mädchenschlafzimmer zurück und schlossen die Tür hinter sich. Axel fühlte sich ausgesperrt. Langsam reichte es ihm. Aber wirklich! Total!

WAS SOLL DAS ALLES?

Axels Armbanduhr zeigte zehn Minuten nach zwei Uhr am Nachmittag, als die Knickerbocker und Shotoku in die lange Luxuslimousine stiegen. Tokugawa war bereits in das Bad vorausgefahren, um dort alles abzusichern. Er nahm seine Aufgabe als Leibwächter sehr genau.

Lilo gab Shotoku ein Zeichen, die Glasplatte zwischen dem Fahrer und den Fahrgästen in die Höhe fahren zu lassen. Als sie mit einem leisen Klick eingerastet war, begann das Superhirn plötzlich lautstark und aufgeregt Unsinn zu plappern. Lilo bewunderte die Schönheit Tokios, erzählte von ihrer Schule und fragte Poppi schließlich nach ihren Haustieren. Aber ihre Freundin öffnete nicht den

Mund. Stattdessen schaltete Lilo den Kassettenrekorder ein. Sofort ertönte Poppis Stimme, die von ihrem Minizoo und ihrem Bernhardiner Puffi schwärmte.

Das Oberhaupt der Knickerbocker-Bande legte den Finger auf die Lippen und stellte den Rekorder auf die Bank neben sich. Anschließend deutete sie auf Shotokus Tasche, in der sich das Computerschreibgerät befand. Der Junge holte es heraus, Lilo bekam den großen Bildschirm zum Schreiben und die anderen jeder einen kleinen Monitor. Aufgeregt machte sich Lilo sofort an die Arbeit und Axel, Poppi, Dominik und Shotoku verfolgten mit großen Augen die Buchstaben, die auf ihren Bildschirmen erschienen.

„Axel, du bist ein misstrauischer Schrumpfgummi!", lautete die erste Zeile.

Axel wollte wütend werden, musste dann aber grinsen. Er verstand. Jetzt würde er endlich erfahren, was los war.

„Natürlich warst du verschwunden. Aber auch wir sind von Akiko, dem Mädchen beim Eingang zur Schlucht der Tyrannosaurier, betäubt worden. Als wir wieder erwachten, lagen wir in unseren Zimmern. Akiko hat uns gewarnt: Falls wir dir nur ein Wort verraten oder zu irgendeinem anderen Menschen etwas sagen, würdest du augenblicklich getötet werden. *Sie* – wer auch immer das ist – überwachen uns Tag und Nacht. Ein Knopfdruck auf eine Fernsteuerung und du bist tot."

Axel bekam ein überaus mulmiges Gefühl im Bauch. Er wäre am liebsten völlig ausgeflippt, aber was hätte es gebracht?

Lilo schrieb weiter: „Ich habe natürlich lange nachgedacht und einige wichtige Dinge entdeckt:

1. Die Operation. An Shotoku und dir ist etwas gemacht worden, aber es sind keine Narben erkennbar. Vielleicht ist euch etwas in den Mund gesetzt worden!

2. Ich tippe auf ein Mikroabhörgerät. Eventuell ist bei dir auch eine Art Giftkapsel dabei, die ferngesteuert geöffnet werden kann.

3. Das ist die einzige Erklärung dafür, dass jemand das schwarze Kästchen vor unserer Ankunft in der Wohnung gefunden und später Frau Ogrusek zum Diebstahl angestiftet hat. Durch die Geräte in eurem Mund, vielleicht in den Zähnen, können unsere Feinde alles mithören. Deshalb auch dieser Trick mit dem Tonbandgerät und diesem Schreibcomputer.

4. Unsere Feinde wissen, dass das Computerspiel ‚Die Goldene Stadt' zu etwas unglaublich Tollem führen muss. Deshalb sind sie so wild darauf. Das Abhörgerät haben sie eingebaut, damit Shotoku das Versteck des Computerspiels verrät.

5. Da wir das Computerspiel jetzt haben, sollten wir unbedingt versuchen, sein Geheimnis zu lüften. Allerdings dürfen wir nie darüber reden, wenn Axel und Shotoku dabei sind. Sonst sind uns die Verfolger sofort wieder auf der Spur.

6. Shotoku und Axel, ihr beide geht ins Bad. Dann hören die Feinde die Geräusche und sind abgelenkt. Außerdem haben wir auf die Rückseite der Kassette vergnügte ‚Badegespräche' von Poppi, Dominik und mir gesprochen. Jetzt eine wichtige Sache für dich, Shotoku: Wir müssen das Spiel spielen. Wo können wir das machen?"

Ihr japanischer Freund nahm den Schreibmonitor und den Metallstift aus Lilos Hand. „Nur in unserer Firma! Dort befindet sich das Gerät. Es heißt ‚Zero X' und am besten kennt sich damit ein Techniker namens Greg Winkler aus. Fragt nach ihm. Ich gebe euch eine Geschäftskarte von mir mit, damit er euch hilft."

Shotoku griff in sein Sakko – er trug ständig

eines – und zog eine weiße Karte heraus. Auf ihr standen sein Name und die Unternehmen, die ihm gehörten. Auch wenn sie zurzeit noch von anderen Leuten für ihn verwaltet wurden.

Lilo schrieb: „Kann man diesem Greg Winkler trauen?“

Shotoku nickte. Anschließend unterstrich er eine Adresse auf seiner Karte und kritzelte daneben: „Das ist die Adresse. Zeigt sie dem Fahrer, nachdem wir ausgestiegen sind.“

Den Rest der Fahrt verbrachten die Juniordetektive schweigend. Axel reichte allen seinen Freunden die Hand und drückte sie fest zur Versöhnung. Als er dann mit seinem neuen japanischen Freund vor dem Eingang des Schwimmbades aus dem Wagen stieg, deuteten Dominik, Poppi und Lilo mit dem Daumen nach oben. „Alles okay und viel Glück!“, bedeutete das Zeichen.

Kaum war die Wagentür wieder geschlossen, gab Lilo dem Fahrer die Anweisung, sie weiterzufahren. Er tat es, ohne dabei eine Miene zu verziehen. Nachdenklich betrachtete sie die CD in ihrer Hand. Was sie wohl zu bedeuten hatte? Welches Geheimnis steckte in ihr? In Kürze würden sie mehr darüber wissen.

ERSTE ERKLÄRUNGEN

Die Firma, von der Shotoku gesprochen hatte, befand sich in einem Hochhaus, das keine Ecken zu haben schien. Alle Wände waren geschwungen und gebogen und bestanden aus blau glitzernden Spiegeln. Über die abgerundete Dachkante guckten die Köpfe vieler bekannter Figuren aus Computerspielen, die sich mit ihren dicken Pfoten an den Rand klammerten. Wer vom Gehsteig aus hinaufblickte, hatte den Eindruck, von vielen leuchtenden Augen gemustert zu werden. Über dem Portal waren riesige Buchstaben aus einem Material angebracht, das zu glühen schien. Sie stellten den Namen des Unternehmens dar. Mit einem ziemlich bangen Gefühl betraten Lilo und ihre Freunde die Halle. Sie bekamen nicht mehr mit, dass in der Luxuslimousine ein Handy piepste. Der Fahrer meldete sich. Nach wenigen Worten legte er wieder auf, verschränkte die Arme vor dem Bauch und versuchte ein kleines Nickerchen zu machen.

In der Mitte der Halle prangte ein riesiger Tisch. An ihm hätten mindestens drei Fußballmannschaften bequem Platz nehmen können. Dabei saß nur ein einziges lächelndes Mädchen in einer rosa Uniform dahinter.

Lilo lächelte nicht. Ihr war noch das tiefgefrorene Lächeln von Akiko in schrecklicher Erinnerung. „Guten Tag, wir möchten zu Greg Winkler!", sagte sie zu dem Mädchen.

„In welcher Angelegenheit?", wollte es wissen.

Lilo überlegte. „Im Auftrag von Shotoku Nintao. Wir sind Tester aus Europa und sollen die neuen Computerspiele ausprobieren!"

Der Name Nintao wirkte wie ein Zauberwort. Das Mädchen griff zum Telefon und führte ein kurzes Gespräch. „Mister Winkler wird euch in Kürze zur Verfügung stehen", meldete es, ohne dabei auch nur für eine Sekunde das Lächeln zu unterbrechen.

Die „Kürze" dauerte fast zehn Minuten. Lilo

nutzte die Zeit und blickte sich in der Halle um. An einer Wand hing ein mindestens zwei Meter großes Ölgemälde, das einen freundlichen, grauhaarigen Japaner zeigte, der stolz ein Stück Papier präsentierte. Von einer kleinen Tafel, die neben dem Bild angebracht war, erfuhr Lilo, dass es sich um den Firmengründer – also Shotokus Großvater – handelte. In den Händen hielt er seine erste Aktie. Lilo betrachtete das Bild lange und eingehend. Irgendetwas war seltsam daran, aber was? Ihr war, als hätte der Maler einen Fehler gemacht. Aber sie konnte nicht herausfinden, was es war.

Als sie zu Poppi und Dominik zurückkehrte, trat ein schlanker, ungefähr fünfzigjähriger Japaner aus dem Lift und ging auf die drei Knickerbocker zu. „Mein Name ist Greg Winkler. Ihr wollt mich sprechen?"

Lilo hob erstaunt die Augenbrauen. Eigentlich hatte sie nicht mit einem Japaner gerechnet. Der Name klang so amerikanisch.

„Ist etwas?", fragte Herr Winkler, der ihren kritischen Blick bemerkte.

Lilo platzte einfach damit heraus: „Ich ... dachte, Sie seien Amerikaner oder Engländer ... Sie heißen doch Greg!"

Der Mann lachte. „Ich bin auch Amerikaner. Mein Vater ist Japaner, meine Mutter Deutsch-Amerikanerin. Geboren und aufgewachsen bin ich allerdings in den USA."

Lilo hatte verstanden. „Wir möchten Sie um einen Gefallen bitten, aber nicht hier", sagte sie mit einem Augenzwinkern.

Greg Winkler führte die drei Freunde in den dreizehnten Stock, wo sich sein Büro befand. Dort angekommen, zog Lilo die CD hervor und zeigte sie ihm. „Wir möchten gern dieses Spiel ausprobieren. Es nennt sich ‚Die Goldene Stadt'!"

Der Techniker machte ein erstauntes Gesicht. „Merkwürdig, ich hatte es bereits vergessen", murmelte er.

„Was vergessen?", bohrte Lilo sofort nach.

„Masujiro Nintao – also der Gründer des Unternehmens – hat mich vor zwei Jahren besucht und mir die Idee zu einem neuen Spiel geliefert. Als ich es gestaltet habe, ist er mehrere Male zu mir gekommen und hat mich gebeten, am Ende des Spiels die Möglichkeit für ihn zu lassen, selbst etwas zu programmieren. Er wollte nicht verraten, was es war. Es durfte auch niemand dabei sein, als er es getan hat. Stellt euch vor, mein oberster Boss lässt sich wochenlang komplizierte Computerprogrammierungen erklären, um dann selbst in ein Spiel einzugreifen. Ein Spiel, das es nur einmal gibt und das außerdem den merkwürdigen Namen ‚Die Goldene Stadt' trägt. Er hat auch mir gegenüber diesen Titel erwähnt, aber er hat mit dem Inhalt des Spieles nichts zu tun. Seltsam, nicht wahr?"

Die drei Knickerbocker verstanden kein Wort, nickten aber dennoch brav.

„Aber wie kommt ihr an das Spiel?", fragte er misstrauisch.

„Shotoku hat es uns gegeben", sagte Dominik und grinste dabei so überzeugend, dass der Mann gar nicht weiterforschte.

Dafür überlegte er laut: „Ich habe mich oft gefragt, was ‚Goldene Stadt' bedeuten könnte. Und einmal ist mir sogar ein Verdacht gekommen."

Die Juniordetektive horchten auf.

„Als Masujiro Nintao noch sehr jung war, entwickelte er Pläne für eine Unterwasserstadt. Japan ist kein großes Land. Der Platz auf den Inseln wird immer knapper. Ein Ausweg sind entweder Städte aus Wolkenkratzern oder riesige Wohnanlagen unter Wasser, in denen es nicht nur Wohnungen, sondern auch Felder und Gärten gibt. Ein neuer Lebensraum, in dem Menschen sich wohlfühlen können. Herr Nintao hat alles genauestens geplant, aber seine Idee ist von allen offiziellen Stellen abgeschmettert worden. Das hat ihn natürlich sehr verletzt und einmal ist mir der Gedanke gekommen, dass er seine Unterwasserstadt irgendwo verwirklicht hat. Sie befindet sich vielleicht an irgendeiner Stelle vor der japanischen Küste, und wir ahnen nichts davon, obwohl dort bereits Hunderte Menschen wohnen."

Lilo hatte neugierig zugehört. Die Überlegung klang glaubhaft. Vielleicht war das Spiel eine Art Wegweiser zu dieser Stadt.

Doch Mister Winkler hatte noch etwas zu erzählen: „‚Goldene Stadt' wird auch das reiche Vorkommen eines Stoffes genannt, aus dem Mikrochips für Computer erzeugt werden können. Lithium. Dieser Rohstoff wird immer wichtiger und wird eines Tages nicht mit Gold aufzuwiegen sein. Es könnte natürlich auch sein, dass Großvater Nintao – so nennen ihn die meisten in seinen Firmen – so einen Ort entdeckt hat. Wenn das so ist, hielt er ihn allerdings streng geheim."

Lilo brannte darauf zu erfahren, was sich auf der CD befand.

Mister Winkler sah es ihr an und nahm ihr das Plastikkästchen aus der Hand. „Komm mit!“, sagte er zu ihr und führte sie zu einem Metallkasten, der ungefähr die doppelte Größe einer Telefonzelle hatte. „Hier drinnen wirst du jetzt ein Abenteuer erleben, wie du es dir in deinen kühnsten Träumen nicht vorstellen kannst. Du bist der Mittelpunkt, wirst alles, was du siehst, auch spüren. Sogar Gefahren! Angriffe! Aber keine Sorge, wir können die Heftigkeit einstellen, und außerdem hast du jederzeit die Möglichkeit, durch den Druck auf einen Notknopf das Abenteuer zu beenden. Falls es dir gelingt, das Land, das du jetzt betrittst, zu durchqueren, wirst du am Ende vielleicht etwas entdecken, das Großvater Nintao als Hinweis auf die ‚Goldene Stadt‘ eingegeben hat. Tritt ein in die neueste Generation der Computerspiele! Millionen Kinder und Jugendliche auf der ganzen Welt würden dich für diese Möglichkeit beneiden!“

Nicht nur Lilo konnte es kaum erwarten, die Spielkabine zu betreten. In einem der Nebenräume trommelte eine blonde Japanerin unruhig mit den Fingern auf eine Tischplatte. Der Augenblick war gekommen, wenigstens drei der vier lästigen Kinder loszuwerden!

EIN TÖDLICHES SPIEL!

Mister Winkler öffnete eine Klappe an der Außenwand der Kabine und zeigte auf einige Knöpfe und Schalter. „Wie ich dir schon gesagt habe, erlebst du in diesem Spiel alle Gefahren und Abenteuer selbst. Du musst dich bewegen, ausweichen, laufen, springen, dich verstecken und vor allem stets die Augen offenhalten. Falls du überfallen oder angegriffen wirst, so wirst du das spüren an deinem eigenen Körper. Hier kann ich einstellen, wie stark."

Der Techniker deutete mit den Fingern auf eine Skala, die von 0 bis 12 reichte.

„Bei 0 spürst du gar nichts", erklärte Greg Winkler. „12 gibt es nur auf diesem Gerät, denn diese Einstellung kann sogar tödlich enden. Ich würde die

Stufe 2 vorschlagen. Tut nicht wirklich weh, ist aber spürbar."

Lilo war nicht ganz sicher, ob sie das wirklich wollte, aber vielleicht gehörte es dazu. Sie nickte schließlich langsam und widerstrebend.

„Können wir Lilos Abenteuer irgendwie mitverfolgen?", fragte Dominik aufgeregt.

Der Techniker schüttelte den Kopf. „Nein, leider nicht." Er öffnete die Tür und das Superhirn betrat die Kabine. Dort legte ihr Mister Winkler eine Art Riesen-Taucherbrille über die Augen, die bis unter die Nase reichte. „Auf der Innenseite der Brille befinden sich Bildschirme, die dir deine Bilder liefern werden. Die Geräusche kommen aus den Kopfhörern. Bevor ich sie dir aufsetze, noch etwas: Ich werde deine Hände und Füße in die Steuerhebel legen und anschnallen. Diese Mechanik überträgt jede deiner Bewegungen auf den Computer. Du kannst dich nicht selbst daraus befreien. Aber es gibt eine Art Notbremse. Du musst nur das Wort KA-IN-TA schreien, dann schaltet sich das Gerät sofort aus. Alles klar?"

„Ja", antwortete Lilo.

Nachdem die Vorbereitungen abgeschlossen waren, verriegelte Greg Winkler die Tür, legte die CD ein und drückte den Startknopf. „Viel Spaß!“, sagte er augenzwinkernd.

Poppi und Dominik standen vor dem kleinen Häuschen und kauten unruhig an ihren Nägeln. Es gefiel ihnen gar nicht, dass sie nicht kontrollieren konnten, was mit ihrer Freundin geschah.

Im Büro des Technikers piepste das Telefon. Er entschuldigte sich und eilte davon. Die beiden Knickerbocker hörten ihn etwas sagen. Dann ertönte ein dumpfer Schlag und ein heftiges Poltern. Es klang nach einem Körper, der zu Boden stürzte.

„Mister Winkler … hallo?“, rief Dominik. Keine Antwort. Der Junge blickte Poppi entsetzt an.

„Mister Winkler … ist etwas?“, krächzte Poppi mit heiserer Stimme. Wieder nichts.

Dominik atmete schwer. „Wir … müssen … nachschauen …!“, flüsterte er seiner Freundin zu.

Die beiden Knickerbocker pressten sich an die Wand des Raumes und schoben sich langsam in Richtung der Tür, die in das Büro des Technikers führte. Im Zeitlupentempo streckte Dominik den Kopf um den Türrahmen, um einen Blick in den Raum werfen zu können. Aber er konnte nichts entdecken. Das Büro schien leer zu sein.

Für Lilo begann das Abenteuerspiel der neuesten Art. Das Mädchen stand in der Maschinerie angeschnallt und starrte angespannt in die Riesen-Taucherbrille. Aus den Kopfhörern ertönte donnernde Musik, die Hochspannung versprach. Vor Lilos Augen tauchte langsam ein prachtvoller Sternenhimmel auf, wie sie ihn nur sehr selten in Wirklichkeit gesehen hatte. „Wow!“, staunte das Superhirn.

Aber das war erst der Anfang. Plötzlich spürte Lilo, wie sie vom Boden abhob und flog. Sie konnte tatsächlich fliegen! Lilo raste auf die Sterne zu. Sie hob ihren rechten Arm ein wenig und steuerte augenblicklich nach rechts. Dann hob sie den linken Arm und sah und fühlte, wie sich ihre Flugbahn nach links änderte. Lilo warf die Arme in die Höhe und ihre Geschwindigkeit wurde noch größer.

Vor ihr tauchte nun aus dem Schwarz des Alls ein blauer Planet auf. Die Erde. Das Superhirn hatte das Gefühl, die Flugrichtung nicht mehr steuern zu können. Unter Lilo wurden die Meere und Kontinente erkennbar. Sie zog eine breite Kurve über Afrika und Asien und ging dann über einer lang gestreckten Inselkette nieder. Das war Japan! Und das Ziel dieses Fluges war keine der vier Hauptinseln, sondern ein winziger, graugrüner Fleck vor der

Küste. Als sie noch tiefer sank, erkannte Lilo riesige Saurier. Landete sie vielleicht im Tal der Donnerechsen, im Vergnügungspark des Nintao-Unternehmens …? Da … da war eine Schlucht, aus der ihr mehrere Tyrannosaurierschädel entgegenstarrten. Die Schlucht, in der ihr eigenes Abenteuer begonnen hatte! Lilo steuerte mit den Armen und drehte einen großen Kreis, um nicht einem der

Raubsaurier genau in die Dolchzähne zu fliegen. Zum echten Tal der Donnerechsen gab es einen Unterschied: Im Spiel waren alle Urzeitlandschaften echt. Es gab keine anderen Besucher, keine Schranken, keine Ein- und Ausgänge und keine Sauriertessen. Das Tal der Donnerechsen war hier tatsächlich ein Tal, in dem Saurier lebten.

Lilo setzte sanft auf einer matschigen Wiese auf. Sie spürte den weichen Boden unter ihren Fußsohlen und die feuchte, warme Luft, die ihr entgegenschlug. Aber was sollte sie jetzt machen? Sie entschied sich schließlich dafür zu gehen. Wenn sie nur herumstand, hatte sie keine Möglichkeit, etwas zu entdecken. Immer wieder drehte Lilo den Kopf nach allen Seiten und beobachtete die dichten Baumgruppen, das Buschwerk und die mächtigen Farne. Wieso war es hier so still? So verdächtig und beängstigend still? Wo blieben die anderen Saurier? Nicht einmal ein Flugsaurier war am Himmel zu sehen.

Lilo machte erschrocken einen Schritt zurück. Vor ihr ringelte sich eine Schlange. Vielleicht war sie giftig? Sie stieß das Tier mit der Schuhspitze an, aber es bewegte sich nicht. Mutiger geworden, trat Lilo sogar darauf, aber die Schlange blieb starr liegen. Als sie sich bückte, wurde ihr klar, dass es sich um einen dicken, völlig ausgetrockneten Grashalm handelte. Er war mindestens drei Meter lang und biegsam wie ein Gartenschlauch, der lange in der Sonne gelegen hatte. Lilo hob den Halm auf und schwenkte ihn fröhlich durch die Luft. Wieder marschierte sie ein Stück und noch immer war keines der Urzeitwesen zu sehen. Dafür entdeckte sie zwei schwarze, glatte, glänzende Steine, die sie ebenfalls mitnahm.

Obwohl Lilo unbehaglich zumute war und sie überall Gefahr spürte, wurde sie etwas übermütig. Sie hüpfte und sprang über den seltsam weichen, federnden Boden und genoss das Spiel von Minute zu Minute mehr. Es war ein Hit. Dieses neue Computerabenteuer würde die Welt erobern. Vom Wohnzimmer aus konnte man die irrsten Dinge erleben. Wahnsinn!

Sie hatte das Ende der Wiese erreicht und stand vor einem hohen, kegelförmigen Berg, aus dem dumpfes Dröhnen und Donnern drang. Es schien sich um einen Vulkan zu handeln. Aber auch über Lilos Kopf braute sich etwas zusammen. Schwarze Wolken türmten sich am Horizont und rückten rasch näher. Und das Abenteuerspiel? Wann beginnt das?, fragte sich Lilo. Ein bisschen Donnern und Gewitterstimmung waren doch nicht aufregend. Außerdem, wo blieben die Saurier? Wieso ließen sie sich überhaupt nicht blicken?

Ein eigenartiger Geruch stieg ihr in die Nase. Es roch nach … nach … konnte es Gas sein? Vor ihren Schuhen erkannte sie ein Loch im Boden, und als Lilo den Kopf nach unten neigte, konnte sie sogar ein Zischen wahrnehmen. Hier trat tatsächlich Gas aus. Es war also besser zu verschwinden. Aber in welche Richtung sollte sie gehen? Wo konnte sie einen Hinweis auf die ‚Goldene Stadt' finden?

Sie drehte sich einmal im Kreis und ließ die Augen über die Millionen Jahre alte Landschaft gleiten. Hinter ihr raschelte und rasselte es leise. Lilo wirbelte herum und sah nur ungefähr zwanzig Schritte entfernt einen Stegosaurus stehen. Es war einer der Saurier, die wie Drachen aussehen. Auf seinem Rücken trug er lange, harte Platten. Mit ihrer Hilfe konnte er seine Körpertemperatur regeln und außerdem rasseln. Als Saurierfan wusste das Superhirn, dass nicht die Rückenplatten des Stegosaurus gefährlich waren, sondern die drei langen Dornen an seiner Schwanzspitze. Unruhig und angriffslustig begann das Tier mit dem Schwanz durch die Luft zu peitschen. Der Saurier schien es auf Lilo abgesehen zu haben.

Aber er war nicht der einzige Angreifer. Wie aus dem Nichts tauchten plötzlich zwanzig, dreißig, vielleicht sogar vierzig kleine Saurier auf, die an geschrumpfte Tyrannos erinnerten. Sie wieselten um ihre Beine und begannen sie zu beißen. Lilo spürte genau ihre Zähne an ihren Hosenbeinen. Sie strampelte und trat nach allen Seiten, aber die kleinen Monster ließen sich nicht abschütteln. Dazu gesellte sich auch noch ein Deinonychus-Saurier, der für seine gebogenen, spitzen Krallen an Vorder- und Hinterbeinen bekannt war. In ihrem Saurierbuch hatte sie über ihn gelesen: der gefährlichste Raub-Saurier, den es je gab. Er zerriss seine Beute in Sekunden zu kleinen Fetzen, die er gierig verschlang.

Hatte es der Deinonychus auf sie oder den Stegosaurus abgesehen? Lilo musste fliehen. Aber wie? Die kleinen, zwickenden Ungeheuer ließen ihr keinen Platz. Die anderen beiden Saurier rückten immer näher.

Zum Glück spüre ich alles nur ganz leicht. Sonst wäre das der totale Horror!, schoss es Lilo durch den Kopf. Aber so ist es nur ein Spiel!

NICHT NUR EIN SPIEL!

„Hier … hier ist keiner … vielleicht ist Mister Winkler aus dem Fenster gestürzt!“, hauchte Dominik, als er in das leere Büro starrte.

Poppi blieb dicht neben ihm, als die beiden zaghaft den Raum betraten. Sie waren nicht einmal drei Schritte weit gekommen, als die Tür hinter ihnen zugeschleudert wurde und zwei starke Arme sie umfingen und aneinanderpressten. Hände legten sich über ihre Münder und ihre Nasen und drückten ihnen die Luft ab. Wehren war zwecklos, der Angreifer hätte sie einfach erstickt.

Die Finger und Arme, die mit bunten Tätowierungen überzogen waren, schienen Bärenkräfte zu haben. Dominik stieß verzweifelte Laute aus und ruderte wild umher. Das Gefühl, nicht atmen zu können, war für ihn ganz schrecklich.

Die beiden Knickerbocker wurden mit voller Wucht auf den Boden geschleudert, wo sie auf dem Bauch landeten und sich sofort wie zwei Hunde, die einsahen, dass sie unterlegen waren, auf den Rücken rollten. Abwehrend und sich ergebend streckten sie alle viere von sich.

Über ihnen stand eine blonde Frau, deren Gesicht schneeweiß geschminkt war. Ihre Augen hatte sie mit schwarzen Linien umrahmt und die Lippen kirschrot angemalt. Ihr halblanges Haar war etwas strubbelig. Sie hatte einen kleinen, gespannten Bogen auf die beiden Knickerbocker gerichtet und bedeutete ihnen damit, sich nach hinten zu bewegen. Die beiden krabbelten in Richtung Schreibtisch, ließen den Pfeil dabei aber nie aus den Augen. Es war alles so plötzlich gekommen, dass Poppi und Dominik nicht einmal Angst hatten. Sie waren wie hypnotisiert. Dominik streckte die Hand nach hinten und spürte etwas Weiches, Warmes. Er warf einen flüchtigen Blick darauf und erkannte Mister Winkler. Die Frau hatte ihn offenbar niedergeschlagen und hinter eine Bank gezerrt.

Sie zog jetzt eine dünne Kette aus ihrer Jacke und

begann, die beiden Juniordetektive damit zu fesseln. Als sie fertig war, schlang sie die Kette noch mehrere Male um den bewusstlosen Techniker, sodass die drei nicht mehr auseinander konnten.

Als Dominik versuchte, seine Hand zu bewegen, spürte er, wie sich das Metall der Kette augenblicklich in seine Haut schnitt. Die einzelnen Glieder mussten scharf zugefeilt sein und waren wie kleine Messer.

Eine teuflische Art, jemanden zu fesseln, da jeder Ruck einen kleinen, blutigen Schnitt bewirkte.

Die blonde Frau hastete aus dem Zimmer. Poppi und Dominik hielten den Atem an. Ging sie oder holte sie etwas oder …? Der weiche Teppichboden schluckte ihre Schritte. Tasten wurden gedrückt. Danach kurz Stille und wieder eine Tür. Die blonde Japanerin war fort.

Die Knickerbocker warteten noch einige Sekunden, bevor sie sich aus der Kettenfessel zu befreien versuchten. Die Folge waren dünne rote Linien, die sich über ihre Handgelenke zogen.

Poppi kam der Gedanke zuerst: „Lilo … sie ist doch in diesem Gerät … Dominik … vielleicht hat die Frau diesen Schmerzhebel auf 12 gestellt …?“

Ihr Kumpel wusste, dass Poppi wahrscheinlich

Recht hatte. Natürlich, das war das Klappern gewesen. Sie mussten hinaus. Hatte Greg Winkler nicht vorher erklärt, dass die höchste Stufe auch tödlich enden könnte? Welcher Wahnsinnige baute überhaupt so ein Spielgerät?

Egal, das war jetzt nicht wichtig.

Poppi trat den Techniker mit den Füßen gegen das Schienbein und in den Bauch. Sie schaffte es, ihren Kopf neben seinen zu bringen, und pustete ihm ins Gesicht. „Aufwachen … he, aufwachen … Mister Winkler, bitte!“, flehte das Mädchen. Aber der Mann bewegte sich nicht.

Lilo spürte sofort, dass sich etwas verändert hatte. Mit einem Schlag war das Knabbern der kleinen Reißzahnsaurier zu einem heftigen Beißen geworden. Wie Stecknadeln bohrten sich die Zähne der Tiere in ihre Haut. Außerdem war die Luft jetzt noch heißer und stickiger. Aus der Richtung des Deinonychus wehte ihr der Geruch von faulem Fleisch entgegen. Er musste aus den verdreckten Krallen und dem blutverschmierten Rachen des Monsters kommen.

Der Stegosaurus spürte die Gefahr hinter sich. Der Deinonychus – sein Name bedeutet so viel wie

„scharfe Kralle“ – schien es auf ihn abgesehen zu haben. Deshalb drehte sich der Stegosaurus mit unbeholfenen Schritten um und fauchte seinen Feind an. Er schlug mit dem Schwanz heftig nach allen Seiten und dabei streifte eine der drei messerspitzen Dornen Lilos Hosenbein. Sie spürte, wie der Stoff sofort durchgeschnitten wurde und herunterhing. Jeder weitere Kontakt mit den Dornen konnte für sie mit einer tiefen Wunde enden.

Da … da ist irgendetwas mit dem Gerät passiert!, zuckte es Lilo durch den Kopf. Sie brüllte, so laut sie konnte: „KA-IN-TA!“

Im nächsten Moment stürzte von rechts ein straußenähnlicher Saurier auf sie zu und riss sie zu Boden. Mit großen Schritten eilte er weiter. Er wollte nicht angreifen, er hatte das Mädchen einfach übersehen. Lilo landete inmitten der schnappenden und beißenden kleinen Monster, die sich sofort hungrig auf ihre Arme stürzten.

„Blut … ich blute!“, schrie sie entsetzt. Sie rappelte sich auf und wollte fliehen, aber an ihren Beinen hingen so viele Saurier, dass sie kaum vom Fleck kam.

Der Deinonychus hatte es sich jetzt auch anders überlegt und schien Appetit auf das Mädchen zu entwickeln. „KA-IN-TA!“, schrie Lilo. Und immer wieder „KA-IN-TA! KA-IN-TA! KA-IN-TA!“

Aber nichts geschah. Der Spielcomputer stellte sich nicht ab. Lilo war den Raubtieren hilflos ausgesetzt. Obwohl alles nur ein Spiel war, konnte sie nicht fliehen. Sie versuchte, ihre Arme und Beine aus den Halterungen zu reißen, aber es war wirklich unmöglich. Die dicken Riemen ließen das nicht zu. Ganz im Gegenteil. Lilo geriet durch das Zerren in noch größere Bedrängnis. Sie stolperte nämlich und stürzte direkt auf den Deinonychus zu. Dieser hob sofort die schwarzen Krallen, die die Größe von Sicheln hatten, Geräte, mit denen früher einmal das Gras geschnitten wurde. Auch die Krallen an seinen Laufbeinen stellten sich auf, bereit, das Mädchen in Stücke zu reißen.

Es schien unmöglich, aus dem Spiel zu fliehen. Der Computer würde alle Schrecken am Körper von Lilo verursachen, die sie auf den Bildschirmen in der riesigen Brille vor ihren Augen erlebte. Es war der totale Horror. Die Bande hatte schon viele Gefahren zu bestehen gehabt, doch jedes Mal hatte es einen Ausweg gegeben. Dieses Mal war es anders. Wieso bemerkten ihre Freunde nichts davon?

Dominik und Poppi lagen mit verdrehten Armen und Beinen hilflos auf dem Teppichboden hinter dem Sofa im Büro von Greg Winkler. Der Techniker war noch immer nicht zu Bewusstsein gekommen. Er atmete zwar, aber der Schlag der blonden Japanerin schien sehr stark gewesen zu sein. Beim Versuch, den Messerketten-Fesseln zu entkommen, hatten sich die beiden Knickerbocker so verrenkt, dass sie es nicht mehr schafften, in eine nur halbwegs bequeme Lage zurückzukommen. Von draußen drang ein schriller Pfeifton an ihre Ohren. Er dauerte jeweils fünf Sekunden, dann folgte eine Sekunde Pause, bevor das Pfeifen weiterging. Dominik zählte im Kopf mit. Es hatte bereits vierzig Mal gepfiffen, als die Töne kürzer wurden. Jetzt dauerten sie nur noch vier Sekunden. Nach weiteren vierzig Pfiffen verkürzten sie sich auf drei Sekunden.

Greg Winkler bewegte den Kopf und schlug die Augen auf.

„Mister Winkler … Lilo ist in dem Wahnsinnsding und es pfeift. Die blonde Japanerin hat es bestimmt auf Stufe 12 gestellt!“, schrie Poppi.

Der Techniker benötigte einige Augenblicke, bis er völlig zu sich gekommen war. Die Pfeiftöne brachten ihn aber sehr schnell in die Wirklichkeit zurück. Er wollte sich aufrichten, doch die Kette ließ es nicht zu.

„Vorsicht … die Fesseln verletzen uns bei jeder Bewegung!“

Mister Winkler schnappte nach Luft und stieß mühsam hervor: „Wir … das ist … der Alarm. Das Mädchen im Computer … höchste Gefahr … es kann umkommen … letzte Möglichkeit abzudrehen!“

„Aber wie kommen wir zu dem Höllending?“, brüllte Dominik außer sich. „Wie? Wir sitzen fest!“

RETTUNGSVERSUCHE

Greg Winkler spannte alle Muskeln an und hob den Oberkörper. „Dieses Biest … dieses miese Stück!“, fluchte er vor sich hin. Poppi und Dominik fragten nicht nach, wen er damit meinte.

Mister Winkler warf einen Blick auf die Schreibtischplatte und keuchte: „Gott sei Dank … eine Zange! Die brauchen wir jetzt!“

„Aber wie kriegen wir sie?“, wimmerte Dominik, der durch die Bewegungen des Mannes ziemliche Schmerzen erdulden musste.

„Wir … werden versuchen aufzustehen. Ganz langsam, aber wir stehen auf!“

Auch wenn allein der Gedanke an das Einschneiden der scharfen Kettenglieder Poppi und Dominik bereits Qualen bereitete, waren sie fest entschlossen, es zu versuchen. Von draußen kamen nämlich immer kürzere Pfeiftöne. Sie waren nur noch zwei Sekunden lang und in der Tonhöhe noch schärfer und durchdringender geworden. Sie klangen wie ein Hilfeschrei in allerletzter Not.

„Hoffentlich ... befindet sich eure Freundin nicht in Stufe 1, dem Angriff der Saurier. Wenn sie den Trick nicht durchschaut, ist sie verloren ... falls wir es nicht schaffen!“, stieß Mister Winkler hervor.

Greg Winkler gab den Knickerbockern mit dem Kopf ein Zeichen, sich zu erheben. Es war ein schwieriges Unternehmen, bei dem die drei zuerst ihre Arme und Beine entflechten mussten, bevor sie überhaupt nur einige Zentimeter in die Höhe kamen. Die Zange war noch weit entfernt. Obwohl es sich höchstens um zwei Meter handelte, erschienen sie den dreien wie Kilometer.

Lilo brüllte und schrie, aber nichts davon drang durch die schalldichten Wände der Spielkabine. Die Hebel und Stangen, in die sie eingespannt war, waren schlimmer als der ärgste Folterstuhl. Noch dazu verschlechterte sie mit jeder falschen Bewegung ihre Situation. Die Geschichte, in der sie sich befand, wurde bedrohlicher und gefährlicher. Die Schmerzen immer stärker.

Der Deinonychus stieß gurgelnde, krächzende Laute aus und rülpste. Seine violette Zunge schoss mehrere Male aus dem Maul und schnalzte. Gierig fuhr er mit den Krallen durch die Luft. Mit behäbigen Schritten setzte er sich in Lilos Richtung in Bewegung.

Mittlerweile hatten sich so viele der kleinen Beißer an ihren Beinen festgezwickt, dass es dem Mädchen unmöglich war, sich von der Stelle zu bewegen. „Schleich dich! Hau ab! Verzieh dich! Blödes Trampeltier!“, schrie und keuchte Lilo, aber die Saurier erschreckte das in keiner Weise.

„Behalte einen kühlen Kopf! Lass nicht locker! Lass nicht locker! Es gibt vielleicht einen Weg. Es gibt ihn, du musst ihn nur finden. Wo ist er?“, hämmerte es in den Grübelwindungen des Superhirns. Als Lilo wieder einen der kleinen Reißzahnsaurier abwehrte, der versuchte an ihrer Hose hinaufzuklettern, spürte sie die Steine in der Tasche. Sie holte sie mühsam heraus und hatte eine Idee: „Feuersteine … das sind Feuersteine … und der lange, dürre Halm … der brennt, wenn es mir gelingt, mit den Steinen Feuer zu machen und ihn in Brand zu setzen. Das ist bestimmt so eine Art Prüfung in diesem Spiel … Feuer könnte die Tiere verscheuchen!“

Sie klemmte den graubraunen, dürren Halm unter den Arm, sodass ein Ende sich ungefähr in Bauchhöhe befand. Die Hände konnte sie gerade so weit bewegen, dass sie die schwarzen Steine gegeneinanderschlagen konnte. Es war zu hell um zu sehen, ob Funken sprühten oder nicht, aber Lilo ließ nicht locker. Immer schneller und schneller schlug sie die Steine aufeinander. „Bitte … bitte, fang zu brennen an!“, flehte sie innerlich.

Viel Zeit blieb ihr nicht mehr. „Scharfe Kralle“ wankte geradewegs auf sie zu.

Rauch!!! Rauch!!! Eine winzige, dünne Rauchfahne stieg auf. Der Halm hatte sich entzündet. Lilo pustete aus Leibeskräften darauf und löschte die winzige Flamme damit sofort wieder. Also alles noch mal von vorn. Steine gegeneinanderschlagen, einmal, zweimal, dreimal … wieder Rauch! Diesmal blies Lilo vorsichtig. Eine kleine Flamme, zuerst nur blau, dann auch gelb und rot, züngelte in die Höhe. Der Halm fing Feuer und bald brannte ein unterarmgroßes Stück. Die Tiere ließen sich davon beeindrucken und einige flüchteten. Der Deinonychus hingegen schien die Flamme nicht einmal zu sehen. Sie breitete sich schnell über den ganzen Halm aus und die Hitze wurde für Lilo zu groß. Sie konnte die Fackel nicht mehr halten und schleuderte sie weg.

Jetzt war sie völlig hilflos dem blutgierigen Monster ausgeliefert!

Im Büro hatten es Poppi, Dominik und Mister Winkler geschafft. Sie befanden sich in der Höhe der Tischplatte und der Techniker bog seinen Oberkörper so weit wie möglich in Richtung Zange. Die beiden Knickerbocker pressten sich eng gegen ihn und folgten jeder seiner Bewegungen, um weitere Schnitte zu vermeiden. Der Mann streckte die gefesselten Hände aus, während Poppi schrie.

„Zähne zusammenbeißen!", riet ihr der Techniker, machte einen letzten Ruck und hatte die Zange in den Fingern. Die Freude und Erleichterung waren so groß, dass sich die drei viel zu schnell und ruckartig zurücksinken ließen, um aus der anstrengenden, verdrehten Lage zu kommen.

Das hätten sie lieber nicht tun sollen. Diese Aktion bewirkte bei allen dreien ein neuerliches Zuziehen der Messerkette und einen stechenden Schmerz! „Huuuaaa!", brüllte Greg Winkler und war den Bruchteil einer Sekunde nicht achtsam. Seine Finger lockerten den Griff, und die Zange fiel zu Boden. Sie landete weit weg, an einer Stelle, die die drei Gefangenen nie erreichen konnten.

Aus dem anderen Gang kamen kurze Pfiffe. Mittlerweile dauerten sie nur noch eine Sekunde!

DIE FEUERSÄULE

Lilo war es bisher gelungen, noch irgendwie einen klaren Gedanken zu fassen. Aber damit war es jetzt vorbei. Sie schlug wild um sich, trat nach allen Seiten, versuchte die bissigen Saurier, die sich wieder auf sie stürzten, zu beseitigen, und merkte genau, wie erfolglos sie dabei war. Der Deinonychus würde sie töten.

„Nein!“, brüllte Lilo, als sie den riesigen Kopf und die säbelartigen Krallen auf sich zukommen sah. „Nein!!!“

Was dann geschah, war wie ein Wunder! Aus dem Boden, nur drei oder vier Meter von Lilo entfernt, schoss ein Feuerstrahl. Er raste viele Meter in die Höhe und traf den Deinonychus an Brust, Kopf

und Beinen. Das Urzeitwesen brüllte vor Schmerz und drehte ab. Auch der Stegosaurus suchte mit tollpatschigen Schritten eilig das Weite. Zu ihrer Erleichterung bemerkte Lilo, dass die kleinen Beißsaurier ebenfalls auseinandergestoben waren. Nur noch Staubwolken, die sich immer mehr entfernten, erinnerten an die Angreifer.

Lilo blickte auf den Boden, wo noch immer der verkohlte Halm lag. Er war ihre Rettung gewesen. Die Glut hatte das Gas, das aus dem Bodenloch strömte, entzündet und die Feuersäule verursacht. Lilo spürte die Verletzungen, die ihr die Saurier zugefügt hatten, aber sie schienen nicht allzu schlimm zu sein. Doch wie kam sie aus diesem Spiel wieder heraus? Wo blieben Poppi und Dominik? Bemerkten sie denn nichts? Oder hatten sie sich vielleicht sogar einen Scherz erlaubt und selbst den Regler in die Höhe gedreht?

Lilo stellte fest, dass sie sich setzen konnte. Sie ließ sich auf einem Stein in der Saurierlandschaft nieder und atmete tief durch.

Drei Stunden vergingen.

Poppi, Dominik und Mister Winkler hatten gehört, dass der Alarm beendet war, aber sie wussten nicht, ob das Lilos Ende oder Rettung bedeutete.

Es war kurz nach sechs Uhr, als die Tür zum Gang geöffnet wurde. Kam die blonde Japanerin zurück, um zu sehen, ob sich alles erledigt hatte?

„Shotoku! Axel!", keuchte Dominik, als er die beiden Jungen in der Tür erkannte.

Sofort legte sein Freund den Finger auf die Lippen und bedeutete ihm, still zu sein. Die Feinde mussten nicht wissen, wo sie sich befanden. Sie hatten kein Wort darüber verloren und die Fahrt schweigend verbracht. Hastig befreiten sie die drei von den Folterfesseln. Mister Winkler erhob sich ächzend und stürzte zu der Spielkabine. Er riss die Tür auf und atmete erleichtert auf.

Lilo hockte auf einem der Podeste, das automatisch aus der Kabinenwand fuhr, wenn der Spieler sich setzen wollte. Er nahm ihr die Brille und die Kopfhörer ab und befreite sie aus der Maschinerie.

„Du musst Grauenhaftes erlebt haben!“, meinte er.

Das Superhirn nickte heftig, sagte aber ebenfalls kein Wort. Der Techniker verstand nicht, was in die fünf gefahren war.

Aus einer Tasche holte Shotoku das Schreibgerät und stellte es im Büro von Greg Winkler auf. Mit wenigen Worten beschrieben die Freunde einander, was geschehen war. Für großen Jubel über die Rettung und große Erleichterung blieb keine Zeit.

„Shotoku, du musst das Spiel spielen. Denn nur du kommst bis zum Ende!“, schrieb Lilo.

Der kleine Japaner nickte. „Aber die Feinde werden hören, was ich tue, und uns verfolgen!“, kritzelte er.

Lilo verstand. „Ich bin nach wie vor sicher, dass sich diese Abhörgeräte in euren Zähnen befinden müssen. Habt ihr Plomben, Axel und Shotoku?“, notierte sie auf dem Zettel. Beide Jungen bestätigten diesen Verdacht. „In eine wurde das Ding eingesetzt“, schrieb Lilo jetzt. „Ihr müsst zum Zahnarzt, und dann kommen wir hierher zurück. Mister Winkler, werden Sie auf uns warten und uns helfen?“

Der Techniker versprach es. Er war noch immer entsetzt darüber, dass jemand den Spielschmerzregler auf die tödliche Stufe 12 gestellt und den Notalarm abgedreht hatte.

Shotoku entschied, den Zahnarzt aufzusuchen, der ihn immer betreute und auch an diesem Abend für ihn zur Verfügung stand. Mister Winkler hatte den Jungen und seinen Freund per Telefon angekündigt. Axel und Shotoku hatten sich, während der Techniker telefonierte, weit weg von ihm gestellt, damit die lauschenden Feinde nichts mitbekamen.

Dr. Yamamoto war ein kleiner, zierlicher Mann, der eine Praxis in einem der typischen alten japanischen Häuser besaß. Er schien ein großer Kunstsammler zu sein, denn sogar in dem Wartezimmer standen aus Holz geschnitzte und in knalligem Rot bemalte Löwen und Drachen. Zum Glück sprach er ein wenig Deutsch, sodass Lilo allein mit ihm reden und ihm die Lage schildern konnte. Der Mann lachte. Seine Erziehung schien es ihm zu verbieten, Lilo als Spinnerin zu bezeichnen. Er ließ die beiden Jungen nacheinander auf dem Zahnarztstuhl Platz nehmen und betrachtete prüfend ihre Zähne. Dabei schüttelte er immer wieder den Kopf und gab dem Superhirn ein Zeichen, dass er nichts entdecken

konnte. Lilos Verdacht schien also völlig falsch zu sein. Sie schickte Axel und Shotoku wieder hinaus und fragte ungläubig: „An den Zähnen der beiden ist bestimmt nichts gemacht worden? Sind Sie da sicher? Wollen Sie nicht noch eine Röntgenaufnahme machen?"

Der Zahnarzt lächelte höflich: „Kleines Fräulein, ich denke, du siehst zu viele Agentenfilme. So etwas gibt es in der Wirklichkeit nicht."

Die Tür zum Wartezimmer wurde aufgerissen und Axel gab seiner Freundin ein Zeichen hinauszukommen. Lilo folgte ihm und der Knickerbocker führte sie zu einem großen Foto, das, fein säuberlich gerahmt, an der Wand hing. Er deutete darauf.

Dr. Yamamoto war nachgekommen und nickte stolz. „Das ist einer meiner größten Schätze. Ein Himmelswächter. Es handelt sich um eine Figur, die viele Meter hoch ist. Ich besitze sogar zwei davon. Sie standen früher im Kaiserpalast. Sie sind die Beschützer vor allem Übel und haben sogar einen Trick eingebaut. Aber den verrate ich nicht!"

Axel schnappte sich einen Zettel und einen Kugelschreiber und kritzelte: „Lilo, die Figuren standen in dem Garten, in dem ich vor der blonden Japanerin und dem anderen Mann geflüchtet bin!"

EINE GEFAHR GEBANNT!

„Wo befinden sich diese Figuren?“, erkundigte sich Lilo scheinbar arglos bei dem Zahnarzt.

Dr. Yamamoto begann zu schwärmen. „In meiner Klinik, die drei Stunden von hier entfernt liegt. Sie ‚bewachen‘ das Portal! Wieso willst du das wissen?“

Lilo kannte kein Pardon mehr. Sie schubste den Mann zurück in den Behandlungsraum und schloss die Tür.

„Kleines Fräulein, was erlaubst du dir?“, protestierte der Japaner.

„Ich bin kein kleines Fräulein!“, schnauzte ihn Lilo an. „Und ich werde auf der Stelle die Kriminalpolizei rufen, damit sie Axel und Shotoku untersucht. Bestimmt werden sie in ihren Zähnen die Sender finden, die *Sie* ihnen eingebaut haben!"

Blass war der Zahnarzt schon die ganze Zeit gewesen. Nun wich auch noch das Blut aus seinen Lippen. Er taumelte nach hinten und sank auf den Behandlungsstuhl. „Wieso ... woher ... woher weißt du ... dass *ich* ...?", stammelte er.

„Weil Axel die beiden Figuren wiedererkannt hat. Er ist doch aus der Narkose aufgewacht und hat versucht zu flüchten. Dabei ist er aber nicht weit gekommen. Der ‚Trick' Ihrer Figuren ist ein Giftpfeil, den sie auf unerwünschte Gäste abfeuern, stimmt's?"

Dr. Yamamoto gab es sofort zu. Lilo war zwar nur ein vierzehnjähriges Mädchen, aber wenn sie richtig wütend wurde, konnte sie sogar die härtesten Typen einschüchtern.

„Wer sind die beiden Leute gewesen, die Sie beauftragt haben?", forschte das Oberhaupt der Bande weiter.

Der Zahnarzt konnte nur ungefähre Angaben machen. „Es muss sich um ungeheuer reiche Leute handeln, die mir ihre wahren Gesichter nie gezeigt haben. Sie sprachen mit mir nur englisch, nie japanisch, obwohl sie Japaner waren. Sie haben mir für den Eingriff so viel Geld gegeben, wie ich in zehn Jahren nicht verdiene. Ich konnte einfach nicht widerstehen, weil ich mir weitere Kunstschätze kaufen musste. Ich … ich bin wie süchtig danach!“

„Und was haben Sie Axel und Shotoku genau eingesetzt?“, wollte Lilo erfahren.

Der Zahnarzt senkte den Kopf. „Nicht alles, was meine Auftraggeber verlangt haben. Weil ich es nicht mit meinem Gewissen vereinbaren konnte. Sie haben mir einen Mikrosender gebracht, den ich beiden Jungen in plombierte Backenzähne montiert habe. Aber da war noch etwas … etwas … ich habe nur so getan, als hätte ich es eingepflanzt!“

Lilo wollte es genau wissen. „Was war das?“

Dr. Yamamoto holte tief Luft. „Ein Gerät, das es ermöglicht, elektrische Impulse an das Gehirn abzugeben. Dazu wird mit einer dünnen Sonde ein Draht durch den Kieferknochen gezogen. Ich habe zum Schein Computer-Röntgenbilder der beiden Jungen gemacht und so getan, als würde ich alles nach Wunsch ausführen.“

Das Mädchen verstand noch nicht ganz. „Was bedeutet das? Wozu wären diese Geräte gut?“

Der Arzt senkte den Blick. „Obwohl die Maschinen nicht einmal die Größe eines halben Stecknadelkopfes haben, können sie Menschen zu völlig irrsinnigen Aktionen und sogar in den Wahnsinn treiben. Im schlimmsten Fall ist es möglich, jemanden damit … zu töten!“

Lilo stockte fast der Atem, als sie das hörte.

„Ich … ich konnte es nicht tun und lebe seither in der Furcht, dass meine Auftraggeber meine Täuschung entdecken.“

„Los, holen Sie die Sender aus den Zähnen von Axel und Shotoku … wir haben jetzt nicht mehr viel Zeit! Halten Sie die Daumen, dann werden Ihre Auftraggeber nie die Möglichkeit haben, sich bei Ihnen zu beschweren, weil sie bald hinter Gittern sitzen.“

Der Zahnarzt lächelte schwach und Lilo rief Axel und Shotoku herein. Eine Stunde später hatten beide ein dumpfes Gefühl von der Betäubungsspritze in der Backe. Dafür aber konnten sie endlich ungestört miteinander reden.

Das Superhirn Lilo trat voll in Aktion. „Shotoku, eines steht fest: Diese ‚Goldene Stadt‘ hat etwas mit dem Tal der Donnerechsen zu tun. Davon bin ich hundertprozentig überzeugt. Aus diesem Grund musst du unbedingt noch heute das Spiel versuchen und es schaffen, bis zum Ende zu gelangen. Dort hat dein Großvater vermutlich den entscheidenden Hinweis für dich eingebaut. Wir brauchen ihn, um dann in dem Sauriervergnügungspark nach dem zu suchen, was er dort womöglich versteckt hat. Es könnte natürlich auch ganz woanders sein, aber ich glaube es nicht. Ich habe irgendwie das Gefühl, dass Großvater Nintao den Park nur aus dem Grund errichtet hat, um etwas vor anderen dort zu verbergen."

Shotoku grinste: „Ich werde das Spiel schaffen. Großvater hat gewusst, dass mich keiner schlagen kann. Ich werde seine letzte Botschaft an mich finden. Das bin ich ihm schuldig."

„Wir müssen gleich morgen Früh ins Tal der Donnerechsen und an Ort und Stelle ermitteln, falls sich mein Verdacht im Spiel bestätigt. Und die Zeit drängt. Die Verfolger werden nicht ruhen. Ich fürchte, sie bleiben uns auch ohne Abhörgerät auf den Fersen. Aber wir müssen schneller sein."

Es war bereits neun Uhr, als die Knickerbocker-Bande und Shotoku hungrig in der Computerspiele-Firma eintrafen. Sie eilten durch die große Halle, wo sich der Nachtwächter tief vor seinem jungen Chef verneigte. Wieder fiel Lilos Blick auf das Ölgemälde des Großvaters und abermals erwachte in ihr der Verdacht, der Maler habe sich geirrt. Aber sie kam einfach nicht darauf, was sie störte.

Unter der Anleitung von Mister Winkler begab sich Shotoku in die Spielkabine. Die vier Knickerbocker beschlossen, zurück in das Apartment zu fahren, wo Onkel Yoritomo bestimmt schon auf sie wartete.

„He, was hast du eigentlich mit deinem Leibwächter gemacht?“, wollte Lilo wissen.

Shotoku grinste. „Mit Axels Hilfe und dank eurer Knickerbocker-Tricks abgehängt. Bestimmt grast er schon halb Tokio nach mir ab!“

Lilo fand das nur für einen kurzen Moment lustig: „Und bestimmt wäre es besser, wenn er hier aufpassen würde. Kannst du ihm trauen? Meinst du, er ist sauber? Oder könnte er mit den Gaunern unter einer Decke stecken?“

Der Junge überlegte. „Er steht seit fünfundzwanzig Jahren in den Diensten unserer Familie. Ich kann mir nicht denken, dass sich jemand so lange verstellen kann.“

„Kannst du ihn irgendwie verständigen, dass du dich hier befindest?“, fragte das Mädchen.

Shotoku nickte und griff zum Telefon. Er drückte

vier Tasten, dann drei, dann fünf und zum Abschluss noch einmal zwei. „Jetzt meldet ihm sein Standortgerät, wo ich bin. Er wird in Kürze hier eintreffen!“

Die Knickerbocker verabschiedeten sich von Shotoku und wünschten ihm viel Glück. Sie waren auf das Ergebnis seines Spieles gespannt, wussten aber, dass sie ihm hier nicht helfen konnten. Ganz im Gegenteil. Es war besser, sich zu verteilen und auf diese Weise die Verfolger zu verwirren.

Beim Hinausgehen aus dem Firmenhochhaus zeigte Lilo Dominik das Bild und erklärte ihm ihren Verdacht. Der Junge nickte, hatte aber im Moment auch keine Antwort bereit.

ES PASST ETWAS NICHT ZUSAMMEN!

Im Apartment wurde die Bande bereits ungeduldig von Shotokus Onkel erwartet. Er wollte auf der Stelle erfahren, wo sein Neffe geblieben war und was die blutverkrusteten Wunden von Dominik und Poppi zu bedeuten hatten.

„Zu wild getobt im Bad!“, schwindelte Dominik. „Viel zu wild!“

Herr Yoritomo schimpfte über die schlechten Manieren der vier Freunde. Sie seien für seinen Neffen kein guter Umgang. Axel, Lilo, Poppi und Dominik senkten schuldbewusst den Kopf.

„Und wo steckt Shotoku jetzt?“, fragte der Onkel.

Die vier zuckten mit den Schultern. „Er hat uns nicht gesagt, wohin er noch wollte!“

Das verschmitzte Lächeln war aus dem Gesicht des Mannes verschwunden. Er schien unruhig, was kein Wunder war. Schließlich war er für Shotoku verantwortlich. „Der Bengel kann etwas erleben. Er soll nicht glauben, dass er sich in seinem Alter schon als Boss aufspielen darf! Das hat noch Zeit!", brummte Yoritomo. Er trug an diesem Tag einen seidenen Mantel mit weiten Ärmeln, der fast bis zum Boden reichte. Verzweifelt rang er die Hände, streckte sie in Richtung Himmel und jammerte: „Wieso muss ich so bestraft werden?" Dabei rutschten die Mantelärmel zurück und gaben den Blick auf seine Arme frei.

Axel machte einen Schritt zurück. „W... w... was ist das?", fragte er mit bebender Stimme. Er deutete auf die bunten Tätowierungen, die die Haut des Mannes bedeckten. Es schien kaum ein Fleck auf seinen Unterarmen und den Oberarmen frei zu sein.

„Ich trage ein Kunstwerk auf mir!", erklärte der Onkel stolz. Er öffnete den Mantel, unter dem er eine seidene Hose trug, und präsentierte stolz seinen Oberkörper, auf dem ein eintätowierter Karpfen prangte. Rund um den Fisch strahlten Blumen, Blüten, Blätter und Ornamente. „Es hat fast ein Jahr gedauert, bis diese Tätowierung fertig war. Einer der berühmtesten Künstler des Landes hat sie mir verpasst."

Dominik hatte in einem seiner zahlreichen Japanbücher auch darüber gelesen. „Diese Tätowierungen waren doch eine Art Erkennungszeichen von Verbrecherbanden, nicht wahr?"

Zur großen Überraschung der vier Freunde gab der Japaner das zu. „Auch ich habe einer angehört, als ich noch sehr jung war. Ich wollte mich damals gegen meinen Vater, den verehrten und angesehenen Masujiru Nintao, durchsetzen. Ihm beweisen, dass in mir etwas steckte. Wenn es auch der falsche Weg war, was ich bald erkannt hatte."

Axel wollte mehr wissen. „Das heißt, es gibt viele Leute mit diesen Tätowierungen?"

Der Onkel bejahte. „Tausende! Allein die Organisation, der ich angehörte, hatte 2700 Mitglieder. Alle waren am ganzen Körper tätowiert!"

Das war es nicht, was Axel hören wollte. Er nahm seine Baseballkappe vom Kopf und knetete sie. Dabei hatte er geglaubt, die blonde Japanerin entlarvt zu haben. Schließlich besaß auch sie tätowierte Unterarme. Aber eigentlich war der Gedanke dumm gewesen. Sie war eine Frau und vor ihm stand ein

Mann. Im Augenblick und nach all den Schrecken, die sie überstanden hatten, war er jedenfalls wild darauf, den wahren Täter zu entlarven. Es musste ein eiskalter Killer sein, wenn er vorgehabt hatte, Shotoku und ihn zu töten. So ein Mensch durfte unter keinen Umständen frei herumlaufen.

An diesem Abend hatte der Koch eine köstliche Mahlzeit vorbereitet, die hauptsächlich aus frischen Früchten bestand. Keiner der vier Freunde hatte vorher geahnt, was man alles aus Obst machen konnte. Es waren sogar würzige und salzige Gerichte darunter.

Im Anschluss an die Mahlzeit legte sich Lilo in dem großen Wohnraum auf ein Polstermöbel, das die Form einer Muschel hatte. Sie blickte durch die riesige Glasscheibe auf das Lichtermeer der Stadt und knetete ihre Nasenspitze. Irgendwie war ihr der ganze Fall plötzlich zu einfach und zu durchsichtig. Großvater Masujiru hatte ein Geheimnis, das er nur seinem Enkel und Haupterben mitteilen wollte. Dafür benutzte er das Computerspiel. Was die „Goldene Stadt" sein konnte, ahnte sogar der Techniker in der Firma. Falls seine Erklärungen stimmten, dann erwartete Shotoku tatsächlich ein Schatz. Sowohl die Unterwasser-Stadt als auch das Vorkommen des Mikrochip-Rohmaterials wären unglaubliche Funde. Aber wozu die Geheimnistuerei? Was gab es zu verbergen? Wem nützte es, die „Goldene Stadt“ zu finden? Befand sie sich tatsächlich im Tal der Donnerechsen, dann gehörte sie ohnehin Shotoku und keinem anderen.

Daraus folgerte das Superhirn: Hinter dem Decknamen „Goldene Stadt“ versteckte sich etwas ganz anderes. Wieso war ihr das nicht früher eingefallen! Warum hatte sie sich so lange blenden lassen? Es gab so viele Fragen, aber so wenige Antworten!

Axel ließ sich neben Lilo nieder und erzählte ihr leise von dem Verdacht, der ihm vorhin gekommen war. Zu seiner Überraschung fand das Mädchen ihn gar nicht weit hergeholt.

„Das Einzige, was mich stört, ist die blonde Perücke. Aber unter dem weiß geschminkten Gesicht der Frau kann sich ohne Weiteres ein Mann verbergen. Dominik hat mir irgendetwas von einem Theater in Japan erzählt, in dem immer ältere Männer die Frauenrollen spielen!“ Sie rief nach ihrem Kumpel, der ihnen genaue Auskunft geben konnte.

„Das stimmt. Die Theaterform heißt Kaibuki. In den Stücken werden wilde Schauergeschichten von großen Helden, Herz-Schmerz-Liebes-Abenteuern und grimmigen Kämpfen erzählt. Und manchmal glaubst du, auf der Bühne ein junges Mädchen zu sehen, dabei ist es in Wirklichkeit ein sechzigjähriger Mann. Die weiße Schminke, die schwarzen Augenlinien, der rote Lippenstift und seine perfekten Bewegungen täuschen darüber hinweg."

Das Superhirn starrte in die Luft und überlegte: Eigentlich ist Onkel Yoritomo Hauptverdächtiger Nummer eins. Es geht um etwas sehr Wertvolles. Er hat nur wenig geerbt und möchte sich auf diese Art noch etwas holen. Wahrscheinlich weiß er auch, was die „Goldene Stadt" bedeutet. Er hat Tätowierungen wie die blonde Japanerin auch. Dass er schon einmal selbst auf die schiefe Bahn geraten ist, hat nichts damit zu tun. Jeder Mensch kann sich bessern.

Lilo staunte. Die Lösung des Falles schien so nahe. Auf jeden Fall wollte sie für einen Notfall gerüstet sein. „Sagt, gibt es hier irgendetwas, was man nicht abwaschen kann … von der Haut … für ein paar Tage?", fragte sie ihre Kumpel.

Axel lief in Shotokus Zimmer und suchte. Er hatte Glück. Shotoku war an manchen Tagen ein ganz normaler Junge, der zum Beispiel Modellflugzeuge baute und bemalte. Aus eigener Erfahrung wusste Axel, dass dieser Lack von der Haut nur sehr schwer zu entfernen war. Es dauerte oft zwei bis drei Wochen, bis die Flecken verschwanden.

Lilo lobte Axel und bat Dominik, bei einem kleinen Täuschungsmanöver mitzuspielen. Die beiden waren jetzt ausgelassene, dumme Kinder, die durch das Wohnzimmer tobten. Dabei versuchte Lilo, ihren Kumpel mit Modellbaulack zu bemalen. Dominik kreischte so laut, dass Shotokus Onkel in den Raum gestürzt kam. Er lief auf Lilo zu und versuchte ihr den kleinen Lacktiegel zu entreißen. Genau darauf hatte das Superhirn Lilo gehofft. Sie kippte das Gefäß und der Lack ergoss sich über die Hand des Japaners. Onkel Yoritomo fluchte und schimpfte. Weniger über die Farbe auf seiner Hand, als über die Flecken auf dem Boden. Er schickte die Knickerbocker sofort ins Bett und kündigte an, sie bereits am nächsten Morgen in das Tal der Donnerechsen zurückfliegen zu lassen.

Das werden wir machen!, dachte Lilo. Aber zuerst gibt es noch etwas Wichtiges zu tun! Erst jetzt kam ihr zu Bewusstsein, dass es nach wie vor um ein Leben ging. Das Leben von Shotoku. Nur weil das Mörderding aus seinem Zahn entfernt war, war er noch nicht in Sicherheit …

DIE TÜR IM VULKAN

„Axel … Axel, wach auf … Ich weiß es jetzt! Ich habe es herausgefunden."

Der Knickerbocker brauchte lange, bis es ihm gelang, die Augen zu öffnen. Er lag auf dem Bauch im Bett und drehte sich langsam herum. Über sich erblickte er das verschwitzte Gesicht von Shotoku. Die Brille des Spiels hatte einen deutlichen Abdruck hinterlassen.

„Ich kenne jetzt die ‚Goldene Stadt'!"

Axel wurde munter. „Was? Wirklich? Das müssen wir auch den anderen sagen!" Schnell wurde Dominik geweckt und Axel holte die Mädchen aus ihrem Zimmer.

„Ich habe das Spiel bis zum Ende gespielt. Es war

schwierig und ich musste immer wieder von vorn beginnen, aber in fast all diesen Spielen gibt es Abkürzungen, und so eine habe ich entdeckt. Mit ihr bin ich im fünfundvierzigsten Anlauf bis zum Ende gelangt. Es ist dort, wo das Abenteuer beginnt. Im Vulkan!!! Am Fuße des Feuer speienden Berges befindet sich eine Tür mit einem Nummerncode als Schlüssel. Dieser Code besteht aus meinem Geburtstagsdatum. Danach öffnet sich die Tür und man betritt einen Gang. Ich wusste augenblicklich, dass es sich dabei um eindeutige Hinweise handeln musste, denn was macht eine Tür mit Nummerncode in einem Urzeit-Spiel?"

Die vier Knickerbocker hingen gebannt an Shotokus Lippen. „Weiter … erzähl!", drängten sie ihn ungeduldig.

„Durch den Gang gelangt man dann zu einer weiteren Tür, dort muss man abermals einen Code eingeben. Dieselben Zahlen, aber in verkehrter Reihenfolge. Ich musste das nicht versuchen. Das Spiel hat es mir von selbst erklärt!!! Nach dieser Tür gibt es einen runden Raum, der für mich Ähnlichkeit mit einem Lift hat. In ihm befindet sich ein einziger Stationsknopf und neben dem steht ‚Goldene Stadt'."

Dominik rieb sich die Hände. „Also doch die Unterwasser-Stadt. Sie führt in den Berg hinein, der ja früher ein Vulkan war."

Shotoku zuckte mit den Schultern. Das wusste er nicht so genau.

Lilo hatte sich bereits überlegt, welcher Vulkan damit gemeint sein könnte. „Im Tal der Donnerechsen gibt es doch auch das Donnerland. Dort kann man erleben, wie es klingt, wenn eine Herde von Diplodoci gerannt kommt. Diese Saurier waren immerhin dreißig Meter lang und so schwer wie acht Elefanten! Es ist ein irres Spektakel, wenn die Saurier angestampft kommen. Und im Donnerland befindet sich auch der künstliche Vulkan, der dreimal am Tag ausbricht. Ich kann mich erinnern, dass wir unter einer Art Glasglocke gestanden haben, während der Aschen- und Glutregen über uns niedergegangen ist."

Der kleine Japaner nickte. „Ja, ja, ich denke auch, dass dieser Vulkan gemeint ist. Ein künstlicher Vulkan, der auf einem echten Vulkan steht, der aber nicht mehr hochgehen kann, da ihm das Feuer ausgegangen ist!", lachte er.

„Der aber ein großes Geheimnis birgt!", fügte Dominik mit bedeutungsschwerer Stimme hinzu.

„Okay und jetzt schlafen!“, gab Lilo als Befehl aus. „Wir müssen morgen topfit sein!“

Von „topfit“ waren die vier Knickerbocker und ihr japanischer Freund allerdings weit entfernt, als sie am nächsten Morgen bereits kurz nach sechs Uhr das Apartment verließen. Müde und überaus verschlafen blinzelten sie in den neuen Tag. Tokugawa begleitete sie selbstverständlich. Der Grund für den frühen Aufbruch war Onkel Yoritomo, der Shotoku den Flug zur Insel bestimmt verboten hätte. So konnten sie ihn austricksen.

Als die Knickerbocker-Bande und der Junge im Tal der Donnerechsen ankamen, hatten sie einiges zu tun. Sie nahmen sich im Dino-Hotel vier Zimmer, gaben aber falsche Namen an. Falls sie gesucht würden, sollte sie keiner finden. In diese Zimmer zogen sie sich während des Tages zurück. Die blonde Japanerin hatte Verbündete im Park – zum Beispiel die Saurierstess Akiko – und sie wollten von diesen Komplizen nicht gesehen werden.

Also schliefen sie sich aus oder besser gesagt, versuchten zu schlafen. Erst nach zweiundzwanzig Uhr, wenn der Park geschlossen und kein einziger Besucher mehr unterwegs war, wollten sie durch das unterirdische Gangsystem, das die Attraktionen verband, zu dem Vulkan vordringen und dort nach der Geheimtür suchen.

Die Stunden schlichen dahin. An Schlaf war kaum zu denken. Unruhig wie die Raubtiere marschierten die Juniordetektive und der kleine Japaner auf und ab. Einzig und allein Tokugawa schien nichts aus seinem Gleichmut zu bringen.

Poppi traute ihm nicht. Sie verstand nicht, wieso Lilo noch nie auf die Idee gekommen war, dass dieser Mann genauso ein Ganove sein könnte. Wie oft schon hatten sie es erlebt, dass die freundlichsten Leute die gefährlichsten waren.

Zehn Minuten vor dreiundzwanzig Uhr brachen die Knickerbocker und Shotoku auf. Tokugawa ging voraus, denn er kannte sich in dem Gewirr der Verbindungsgänge am besten aus. Sie fuhren mit dem auf urzeitlich gestylten Lift in ein Geschoss, das das Putzpersonal nur mit einem Spezialschlüssel erreichen konnte.

„Müssen wir nicht befürchten, dass uns um diese Zeit Leute, die die Attraktionen reinigen oder warten, begegnen?“, fragte Dominik leise.

Shotoku verneinte. „Mein Großvater war ein Morgenmensch und hat aus diesem Grund überall die Arbeit in der Nacht verboten. Geputzt wird ab vier Uhr früh!"

Durch die verwinkelten Tunnel gelangten die Juniordetektive schließlich zum Donnerland und traten in die kühle Nachtluft. Das riesige Gebiet, auf dem üppige Palmen, Farne und große Schachtelhalme aus Kunststoff aufgebaut waren, lag fast völlig im Dunkeln. Nur da und dort erhellte ein versteckter Scheinwerfer den Boden oder leuchtete von unten gegen die Riesenblätter. In der Ferne waren die langen, dünnen Hälse und die winzigen Köpfe der Diplodocussaurier zu erkennen. Starr und steif standen sie da, bereit, am nächsten Tag wieder loszutrampeln.

Jetzt ging es darum, die versteckte Tür zu finden. Shotoku hielt in jeder Hand eine Taschenlampe und leuchtete die Außenseite des künstlichen Vulkankegels ab. Es war ihm klar, dass der Zugang versteckt liegen musste. Aber wo? Wo sollte er sein, wenn ihn bisher noch keiner entdeckt hatte? Die sechs Schatten huschten an den Glaskuppeln vorbei, unter denen man den „Vulkanausbruch" erleben konnte, und hatten den ganzen Feuer speienden Berg schließlich umrundet. Ohne Ergebnis. Also noch einmal. Diesmal untersuchten sie auch jedes Gebüsch und jede braune Falte, die der Vulkanhang machte. Wieder nichts!

„Bist du sicher, dass du das richtig gesehen hast?“, fragte Axel seinen japanischen Freund.

Shotoku war tief in seiner Ehre gekränkt: „Absolut sicher!“

Dominik fiel etwas ein: „Halt … an einem Platz haben wir noch nicht gesucht. In den künstlichen Stein des Vulkans ist doch auch die Garage für den Zug gehauen, mit dem man zu den Stampfsauriern fährt. Vielleicht ist dort etwas.“

Sofort rasten die Freunde los. Sie krochen hinter den Zug, der aus lauter riesigen, ausgehöhlten Steinen zu bestehen schien, und tasteten den kalten Fels ab.

„Ich habe sie! Ich habe sie! Ich habe sie gefunden!“, schrie Axel.

„Psssst!“, ermahnte ihn Lilo. „Halt die Klappe oder willst du alle auf uns aufmerksam machen?“

Hinter ihnen knackte es. Tokugawa drehte sich um und ging in Verteidigungsstellung. Doch es war niemand zu sehen!

Eine Tür war eigentlich nicht zu erkennen. Es gab nur eine dünne Ritze im Stein, die ein zwei Meter hohes und einen Meter breites Rechteck bildete. In der Mitte befand sich eine Vertiefung, in der Nummerntasten von 0 bis 9 zu sehen waren. Shotoku trat darauf zu und begann zu tippen. Zuerst sein Geburtsdatum, den 22. Februar, und das Geburtsjahr.

Es funktionierte. Die Tür ließ sich öffnen. Dahinter lag, wie im Spiel beschrieben, der Gang. Die Juniordetektive leuchteten hinein, und als keine Gefahr, sondern nur graue Wände und die nächste Tür zu erkennen waren, betraten sie den Tunnel.

An der nächsten Tür dasselbe. Shotoku tippte wieder die Zahlen ein, diesmal in verkehrter Reihenfolge, und abermals öffnete sich die Tür. Vor ihnen lag nochmals ein Gang und am Ende war eine gläserne Kabine zu erkennen. Es war ein Lift, dessen Tür offenstand.

DIE HÖLLENFAHRT

Vor Spannung blieb den Freunden der Mund offen. Shotoku wischte sich immer wieder die Hände an seiner Hose ab und wollte vorangehen. Aber sein Leibwächter ließ es nicht zu. Er schob sich an ihm vorbei und inspizierte den Raum. Misstrauisch näherte sich Tokugawa der Aufzugskabine und musterte sie prüfend. Jetzt erst durften die anderen nachkommen. Wie ein Juwel funkelte der goldene Knopf, neben dem japanische Schriftzeichen prangten. „Das bedeutet ‚Goldene Stadt'!", übersetzte Shotoku. „Wollen wir hinunterfahren?" Er blickte seine Freunde fragend an.

Lilo überlegte und sagte schließlich: „Na ja … warum nicht?"

Eine hohe, schrille Frauenstimme zerriss die fast andächtige Stimmung. Entsetzt drehten die sechs die Köpfe in Richtung Tür und sahen dort die blonde Japanerin. Wieder hielt sie ihren kleinen Bogen in den Händen, doch diesmal zitterte sie. Ein Pfeil war eingelegt, das war nicht zu übersehen. Sie schlich geduckt wie eine Katze vor dem Angriff näher und warf einen Blick in die Aufzugskabine. Zufrieden kicherte sie.

„Geben Sie auf, Herr Yoritomo!", sagte Lilo laut.

„Was? Onkel Yoritomo?" Shotoku konnte es nicht fassen. Entsetzt schlug er die Hände vors Gesicht. „Du hast mir das alles angetan!"

Der kirschrote Mund im weißen Gesicht verzog sich zu einem wütenden Grinsen. Die blonde Perücke wurde vom Kopf gerissen und das schwarze Haar des Japaners tauchte darunter auf. Er wischte sich mit dem Jackenärmel über die Wangen und die Augen und verschmierte die Schminke zu einer grauroten Soße. „Ja, ich!", sagte er, jetzt wieder mit tiefer Stimme.

„Aber ... aber wieso ...?" Shotoku schien der Boden unter den Füßen weggezogen zu werden. „Du bist der letzte Verwandte, den ich noch habe! Mein Vater und meine Mutter sind tot. Großvater ist gestorben. Es ist keiner mehr für mich da außer dir!“

Der Mann mit dem Bogen lachte. „Und wer war für mich da? Mein eigener Vater hat mich immer nur als Nichtsnutz bezeichnet und sein ganzes Vermögen dir geschenkt! Dir, einem Zwerg! Einem Zwerg, den ich zerquetschen kann! Ich habe von dem Spiel erfahren und von seinem ungeheuren Wert. Ich wusste, dass ich es um jeden Preis haben wollte und dass du mich zu seinem Geheimnis führen würdest. Zwischendurch riss mir der Geduldsfaden, deshalb versuchte ich auch, das Spiel an mich zu bringen. Aber später ist mir klar geworden, dass ich dich und dein Können dazu brauche, und so habe ich dich weiterforschen lassen. Zum Glück hast du dank deiner europäischen Freunde nicht lange gebraucht, um den Zugang zu entdecken. Brav, brav! Und ihr vier, ihr hättet schon viel früher aufhören sollen, euch in Sachen einzumischen, die euch nichts angehen! Habt ihr denn die vielen Warnungen nicht verstanden, die ich euch gegeben habe? Die Ringer, das tödliche Spiel … Aber jetzt ist es zu spät!“

Plötzlich stutzte Onkel Yoritomo. „Wieso … wieso habt ihr mich erkannt?“, wollte er wissen.

Lilo deutete stumm auf den schwarzen Fleck auf seiner Hand. Der Modellbaulack!

Entgeistert starrte der Japaner darauf. Lilo zögerte keine Sekunde, sondern nützte den Moment der Unaufmerksamkeit und packte den kleinen Bogen, der nicht auf sie gerichtet war. Der Japaner war aber schneller und schoss. Sein Pfeil traf den Leibwächter. Augenblicklich brach dieser bewusstlos zusammen. In Panik geraten, schleuderte Lilo den kleinen Bogen fort, sodass er in der gläsernen Aufzugskabine landete. Axel wollte ihn holen, Onkel Yoritomo war jedoch abermals schneller und stieß den Jungen brutal zur Seite. Er zog einen einzelnen giftgrünen Pfeil aus einem kleinen Köcher, den er am Gürtel trug, und streckte ihn wie einen Dolch vor sich. Gebückt starrte er die fünf Freunde an und drohte: „Noch einen Schritt weiter und ich steche zu. Das Gift dieses Pfeils betäubt nicht, sondern tötet." Im Rückwärtsgang näherte er sich dem Lift und setzte seinen Fuß hinein.

Ein Splittern ertönte, dem ein erschrockener Schrei folgte. Onkel Yoritomo war verschwunden.

Die Juniordetektive erwachten aus ihrer Starre und liefen zu dem Aufzugschacht. „Nein … nicht!" Poppi konnte es nicht glauben. Der gläserne Boden des Liftes war zerborsten. Shotokus Onkel war in die Tiefe gestürzt.

„Nein … da ist er … da …!“ Shotoku deutete aufgeregt auf den Mann, der sich mit letzter Kraft an der Kante des Liftschachts festklammerte.

„Hilfe …!“, keuchte sein Onkel. „Hilfe!“

Lilo kommandierte: „Sicherheitsgriff! Je zwei nehmen einen Arm und einer passt auf, dass wir nicht alle abstürzen!“ Die Finger des Mannes gerieten ins Rutschen. Die Knickerbocker-Freunde packten mit aller Kraft zu und nahmen keine Rücksicht darauf, dass sich ihre Fingernägel in die Haut des Onkels bohrten. Sie stemmten sich gegen die Gangwand und zerrten den Japaner nach oben. Stück für Stück hievten sie ihn weiter aus dem Schacht heraus, bis Onkel Yoritomo das letzte Stück selbst robben konnte. Keuchend blieb er auf dem Boden liegen.

Lilo beugte sich vorsichtig über die Kante und leuchtete in die Tiefe. „Der Schacht ist mindestens dreißig Meter tief oder vielleicht sogar noch mehr!“

Und plötzlich machte es in Lilos Superhirn „klick“. Da war er, der Puzzelstein, nach dem sie so lange gesucht hatte. Es war alles viel zu einfach gegangen. Jetzt wusste das Mädchen auch, wieso.

„Das ist eine Falle!“, schrie Lilo in Panik. „Hinaus! Schnell! Schnell!“

Aber der Weg war versperrt. Akiko stand in der Tür. In den Händen hielt sie eine Stange, wie sie in manchen japanischen Kampfsportarten bei friedlichen Wettbewerben verwendet wurde. Mit einem lang gezogenen Schrei rannte sie auf die Bande, auf Shotoku und den noch immer liegenden Onkel Yoritomo zu. Sie wollte alle in den Schacht stoßen, denn sie hielt die Stange quer zum Gang, sodass es kein Entkommen gab.

DIE ENTSETZLICHE WAHRHEIT

Noch immer schreiend raste das Mädchen mit wildem Blick auf die Gruppe zu. Ein Kampfstock konnte zu einer tödlichen Waffe werden, vor allem, wenn der Gegner sich so nahe an einem Abgrund befand. Während die anderen völlig wehrlos dastanden, bückte sich Poppi geistesgegenwärtig und zog einen Pfeil aus dem Köcher von Onkel Yoritomo. Sie tat das so schnell, dass Akiko gar nicht mitbekam, was geschah.

Als sie die Bande schon fast erreicht hatte, spürte sie einen leichten Stich im Bauch und sank darauf in sich zusammen. Die Stange landete auf Shotokus Onkel, der leise aufstöhnte.

Poppi konnte noch nicht fassen, was sie getan

hatte. Sie stand wie versteinert da. Tief gebückt, mit fest zusammengekniffenen Augen und dem ausgestreckten Arm, in dem sie den Pfeil gehalten hatte.

„Poppi ... irre ... du bist irre!", japste Axel. „Irre! Echt irre!"

Lilo schnitt den Lobesgesang ab. „Jajaja, brems dich ein und raus da! Los! Onkel Yoritomo schleifen wir nach. Ich glaube, er kann nicht gehen. Der Schock hat ihn völlig geschafft!"

Die vier Knickerbocker packten jeder eine Hand oder ein Bein des Japaners und wollten endlich hinaus. Ohne Behinderung erreichten sie den Ausgang und stolperten ins Freie.

Shotoku und Tokugawa, der sich völlig verwirrt und schwankend aufgerichtet hatte, folgten ihnen mühsam. Der Schreck machte sich erst jetzt in ihren Körpern breit. Sie schafften es gerade noch, aus der Garage des Steinzeitzuges zu stolpern, bevor ihre Beine den Dienst versagten und sie sich zu Boden sinken ließen.

„Falle ... was für eine Falle?", stieß Shotoku hervor.

Lilo holte mehrere Male tief Luft, um zu einer Erklärung anzusetzen, aber sie kam nicht dazu. Eine laute Explosion unterbrach sie. Über ihren Köpfen zuckte ein rot glühender Blitz. Heißer Regen prasselte lautstark nieder.

„Der Vulkan … der Vulkan bricht aus …!“, schrie Axel. Jemand musste das Donnerland in Betrieb gesetzt haben, denn als die Knickerbocker in der Garage wieder Schutz suchen wollten, setzte sich der Steinzeitzug in Bewegung. Nur durch einen gewagten Sprung zur Seite konnten sie sich retten. Hinter ihm schloss sich rasselnd ein Felstor, das das neuzeitliche Gebäude verdecken sollte. In der Ferne stampften die langgestreckten Saurier und ließen bei jedem Schritt die Erde beben. Der Aschenregen wurde immer heftiger und die glühenden Körner brannten auf der Haut der sechs, die sich bereits in Sicherheit geglaubt hatten.

„Unter die Glasglocken!“, schrie Lilo durch das Getöse.

Sie rannten, kamen aber nicht weit. Die gläsernen Beobachtungskäfige waren längst alle geschlossen und mit Sicherheitsmechanismen verriegelt, damit niemand in ihnen verletzt werden konnte.

Der Vulkanausbruch hatte sogar Onkel Yoritomo wieder auf die Beine gebracht, der hilflos und wie betrunken durch die Gegend torkelte. Eine fußballgroße Feuerkugel fiel von oben herab und verfehlte Dominik nur um wenige Zentimeter. Zum Glück trugen sie alle Jacken und Hosen mit langen Ärmeln und Beinen, die sie vor dem Schlimmsten bewahrten.

Dominik erinnerte sich genau an den Vulkanausbruch, den er unter der schützenden Glasglocke miterlebt hatte. „Die Feuerbälle werden jetzt mehr und dann kommt noch der echte Feuerregen. Das ist lebensgefährlich!"

Das Donnern im Vulkan wurde immer lauter. Die Saurier kamen näher. Poppi stutzte. Es gab einen Schutz. Sie machten es ganz einfach so, wie die Saurierbabys es früher wahrscheinlich getan hatten. „Los, zu den Sauriern und unter ihre Bäuche! Dort sind wir halbwegs sicher!"

Die Bande rannte los. Shotoku hielt mit seinen Freunden Schritt, drehte sich aber immer wieder nach seinem Onkel um, der Mühe hatte, ein Bein vor das andere zu setzen. Shotokus Erziehung erlaubte es nicht, den Mann im Stich zu lassen. Er lief zu ihm und stützte ihn. Tokugawa folgte ihnen, so schnell er konnte.

Die vier Knickerbocker waren unter den stampfenden Donnerechsen angekommen und erkannten, dass die Plätze direkt unter ihren langen Bäuchen absolut sicher waren. Die Tiere bewegten nur die Beine. Die Körper waren starr auf Platten montiert, die sich auf Schienen über den Boden schoben.

„Dort, Lilo, schau!“ Axel deutete auf eine dunkle Gestalt, die unweit von einem beleuchteten Gebüsch stand. Der nächste Feuerball, der niederging, erhellte die Landschaft so sehr, dass die Knickerbocker mehr erkennen konnten. Sie sahen einen Mann in einem schwarzen Kampfanzug mit einer Art Fechtmaske vor dem Gesicht, die Augen und Mund durch Gitterstäbe schützte. In den Händen hielt die Gestalt ... Steine! Sie holte aus und zielte auf Shotoku und seinen Onkel, die sich noch immer auf der offenen, ungeschützten Fläche befanden.

„Pass auf, Shotoku!“, schrie Lilo verzweifelt.

Der Junge erschrak und stolperte. Der Stein verfehlte ihn nur um Zentimeter.

Aber die dunkle Gestalt gab nicht auf. Sie holte abermals aus und wollte werfen. Durch die Maske und den Lärm erkannte der Vermummte jedoch die Gefahr nicht, in der er sich selbst befand. Von der Seite näherte sich nämlich der Steinzeitzug. Er stieß den Schatten zu Boden und rollte über ihn hinweg.

Shotoku, sein Onkel und der Leibwächter hatten nun auch die Saurier erreicht und Schutz gefunden.

Gerade rechtzeitig, denn draußen hagelte es Feuerbälle und glühende Asche. Schlimmste Verbrennungen wären die Folge gewesen, wenn Poppi nicht die rettende Idee gehabt hätte.

Als der Vulkanspuk vorbei war, wagten sich alle wieder aus dem Unterschlupf.

„Wer … wer war das dort?“, fragte Dominik aufgeregt und deutete auf die dunkle Gestalt, die noch immer regungslos zwischen den Schienen lag.

Lilo knetete eine Sekunde ihre Nase und meinte: „Ich wette, das ist Mister Winkler!“

Axel und das Superhirn wagten sich näher an den Mann heran und nahmen ihm schließlich vorsichtig die Maske ab. Er war es tatsächlich!

Shotoku, der nachgekommen war, schüttelte nur immer wieder den Kopf. „Aber … wieso wollte er, dass Onkel und ich stürzen und im Feuer vielleicht umkommen?“

Lilo wusste sogar darauf eine Antwort: „Damit er endlich das bekommt, was er schon lange will: das ganze Unternehmen! Shotoku, das ist nämlich dein Halbonkel! Der Halbbruder deines Vaters. Nach deinem und Yoritomos Tod wäre er der Erbe eurer Firmen gewesen.“

VERRÄTERISCHE FINGER

Zum Glück hatten alle die entsetzlichen Vorfälle der Nacht überlebt. Der Leibwächter, Shotokus Onkel und Mister Winkler wurden ins Krankenhaus gebracht. Shotoku bestand darauf, noch in dieser Nacht alles zu erfahren, was Lilo kombiniert hatte. Den Titel Superhirn hatte sie diesmal tatsächlich verdient.

„Es war das Ölbild deines Großvaters, das mich auf die Spur gebracht hat", begann sie. „Irgendetwas störte mich und jetzt weiß ich auch, was es war. Dein Großvater hat darauf vier gleich lange Finger. Zeigefinger, Mittelfinger, Ringfinger und sogar der kleine Finger haben alle dieselbe Länge. Das habe ich auch bei dir gesehen und bei deinem Onkel ebenfalls! Das bedeutet: Es wird in eurer Familie weitervererbt. Dieses Merkmal hat aber auch Mister Winkler. Es ist so selten, dass ich auf die Idee kam, er könnte mit euch verwandt sein. Diese Idee ist richtig, da gehe ich jede Wette ein! Dein Großvater hat vermutlich in Amerika … na ja … eine Freundin und mit ihr auch ein Kind gehabt … Greg Winkler. Irgendwann muss dieser Mann erfahren haben, wer sein Vater ist, und da hat er etwas Teuflisches beschlossen. Er wollte euch alle beseitigen, um sich dann zu erkennen zu geben und selbst die Milliarden zu erben. Heute gibt es Tests, die eindeutig beweisen können, dass er der Sohn deines Großvaters ist. Beinahe wäre ihm dieser Plan auch geglückt!"

Shotoku schluckte. „Aber was ist mit der ‚Goldenen Stadt'?"

Lilo lachte. „Alles nur ein Trick! Es gibt sie nicht. Das Computerspiel hat Mister Winkler programmiert. Den Brief hat auch er gefälscht. Alles hat er dir zugespielt. Und deinen verrückten Onkel hat er heimlich zur Seite genommen und ihm erzählt, dass du noch einmal etwas Wertvolles kriegen würdest. Dein Onkel hat es geglaubt und sich von ihm manipulieren lassen. Dabei hatte Mister Winkler es nur auf eines abgesehen: Euch beide in den Schacht zu stürzen, der sich im Vulkan befindet. Die Geschichte von der ‚Goldenen Stadt' sollte euch neugierig machen und hinlocken. Es hätte dann alles wie ein Unfall ausgesehen! Akiko war natürlich eine Verbündete, die hier an Ort und Stelle alles vorbereitet hatte. Mir ist immer wieder aufgefallen, dass das Versteck nicht gut genug ist, und ich hatte auch Recht. Der Mann hat es nur darauf abgesehen, dass dein Onkel zuerst dich mit diesem ferngesteuerten Nerv im Zahn und dann sich selbst in dem kaputten Lift, der gar keiner ist, tötet."

Shotoku traten Tränen in die Augen. „Heißt das, er hat meine Eltern … meine Eltern … auch getötet?"

Lilo legte dem Jungen den Arm um die Schultern. Sie sagte nichts und das war ein eindeutiges Ja.

Alle Gefahren waren überstanden, die Schuldigen entlarvt, aber glücklich war das Ende dieses Falles für die Knickerbocker-Bande nicht. Als sie eine Woche später zurück nach Europa reisten, ließen sie einen völlig einsamen und traurigen Jungen zurück. Shotoku versprach sie zu besuchen, und bemühte sich, „tapfer zu sein". Was nützt alles Geld dieser Welt, wenn du niemanden mehr hast und völlig allein bist. Mit Onkel Yoritomo wollte der Junge nichts mehr zu tun haben.

Dominiks Onkel Arthur bekam von der Bande die Story seines Lebens. Mit riesigen Bildern erschien sie in mehreren Zeitschriften im In- und Ausland.

Onkel Arthur war es auch, der drei Wochen später die tollste Neuigkeit des Jahres brachte. „Ich habe es soeben über eine Presseagentur erfahren!“, rief er aufgeregt ins Telefon, als er mit Dominik telefonierte. „Shotokus Eltern leben! Sie sind bei dem Absturz nicht ums Leben gekommen, sondern von einem Fischkutter verletzt aus dem Meer gerettet worden. Allerdings hatten sie durch den Schock ihr Gedächtnis verloren. Sie wussten nicht mehr, wo sie zu Hause waren und wie ihre Namen lauteten. Deshalb waren sie in einem Heim, doch durch die Berichte in den japanischen Zeitungen und im Fernsehen konnten sie endlich identifiziert und erkannt werden. Shotoku hat sie bereits besucht und jetzt kommt das Schönste an der Sache: Sie haben ihn erkannt. Das bedeutet, dass wahrscheinlich auch die übrigen Erinnerungen zurückkehren werden!“

Axel, Lilo, Poppi und Dominik saßen an diesem Abend in Axels Bude beisammen und stießen mit Cola an. Sie konnten sich gut vorstellen, wie Shotokus schmale Augen glitzerten und glänzten.

„Na ja, und das nächste Mal … was wird das nächste Mal sein?“, fragte Dominik.

Allgemeines Achselzucken.

Das nächste Mal würde es die Bande auf hohe See verschlagen, auf ein Schiff, das eigentlich schon seit vielen Jahren auf dem Meeresgrund lag. Die „Titanic“* …

---

* Siehe Knickerbocker-Abenteuer Nr. 28: „Titanic, bitte melden!“

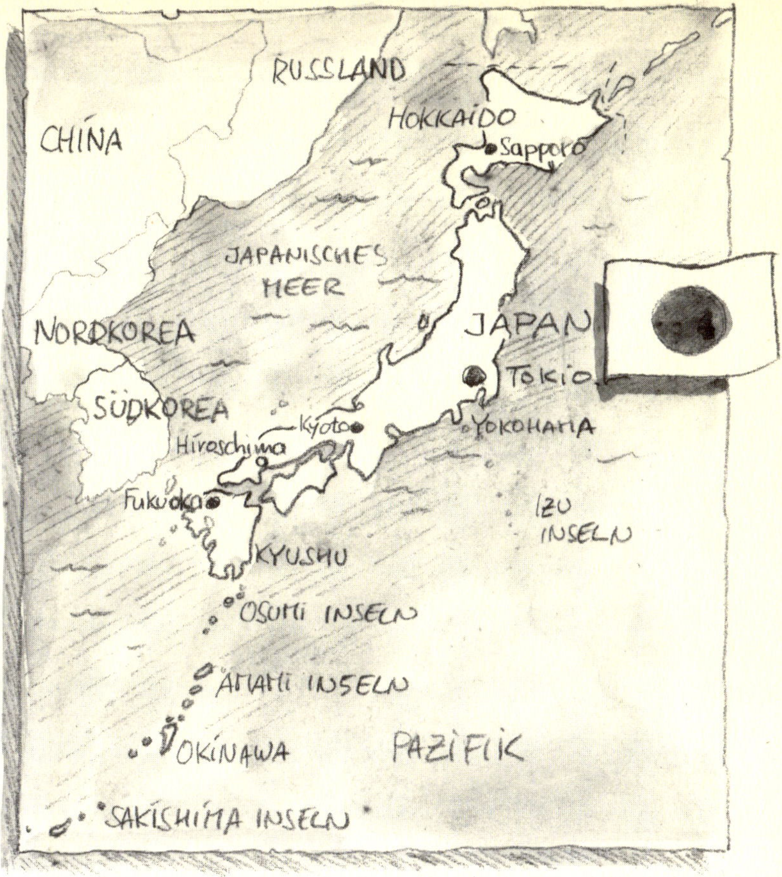
RUSSLAND
CHINA
HOKKAIDO
Sapporo
JAPANISCHES
MEER
NORDKOREA
JAPAN
TOKIO
SÜDKOREA
Kyoto
Hiroschima
YOKOHAMA
Fukuoka
IZU
INSELN
KYUSHU
OSUMI INSELN
AMAMI INSELN
OKINAWA
PAZIFIK
SAKISHIMA INSELN

DER KNICKERBOCKER-BANDENTREFF

Werde Mitglied im Knickerbocker-Detektivclub!
Unter www.knickerbocker-bande.com **kannst du dich als Knickerbocker-Mitglied eintragen lassen. Dort erwarten dich jede Menge coole Tipps, knifflige Rätsel und Tricks für Detektive. Und natürlich erfährst du immer das Neueste über die Knickerbocker-Bande.**

Hier kannst du gleich mal deinen detektivischen Spürsinn unter Beweis stellen – mit der Detektiv-Masterfrage, diesmal von Axel:

HI FANS,

der Vergnügungspark war einsame Spitze! Die lebensechten Dinosaurier fand ich sagenhaft und die vielen Attraktionen haben einen Heidenspaß gemacht. Meine Freunde waren jedoch alles andere als witzig. Plötzlich hatten sie Geheimnisse vor mir und ich kam mir ganz schön ausgegrenzt vor. Dabei wollten sie mich ja nur vor ein paar hundsgemeinen Kerlen schützen, die einen Mikrosender in meinen Backenzahn gesteckt hatten.

Bei der Verbrechersuche hatte Lilo mal wieder
den richtigen Riecher.
Sie ist wirklich unser Superhirn!
Wie sieht's denn mit deiner Spürnase aus?
Weißt du noch, auf welche Idee das Ölbild von
Shotokus Großvater Lilo gebracht hat?

Die Lösung gibt's im Internet unter
www.knickerbocker-bande.com
Achtung: Für den Zutritt brauchst du einen Code.
Er ergibt sich aus der Antwort auf folgende Frage:

Welche Beschreibung passt zum Triceratops?

Code	
47137	Pflanzenfresser mit Nackenschild und drei Hörnern
44179	Fleischfresser mit stark zurückgebildeten Armen
98025	Kleine Dinosaurierart mit einer besonders großen Kralle

Und so funktioniert's:
Gib jetzt den richtigen Antwortcode auf der Webseite
unter **MASTERFRAGE** und dem zugehörigen Buchtitel ein!

Bis bald!
Dein
Axel

HALLO THOMAS!

Wolltest du schon immer Schriftsteller werden?
Zuerst wollte ich Tierarzt werden, aber ich habe beim Studium schnell erkannt, dass das kein Beruf für mich ist. Geschichten habe ich mir immer schon gerne ausgedacht und geschrieben habe ich auch gerne. Allerdings nicht in der Schule, denn meine Deutschlehrer waren immer nur auf Fehlerjagd. Geschrieben habe ich mehr für mich und durch viele Zufälle ist aus dem Hobby ein Beruf geworden.

Wie lange brauchst du für ein Buch?
Ganz unterschiedlich. An guten Tagen schaffe ich etwa 20 Buchseiten. Es gibt auch Tage, an denen ich nur wenig schaffe. Trotzdem setze ich mich immer hin. Ich höre übrigens immer mitten im Satz zu schreiben auf. Am nächsten Tag fällt das Anfangen dann viel leichter.

Erfindest du alles, was in deinen Büchern steht, oder recherchierst du viel?
Natürlich recherchiere ich, wenn es das Thema verlangt. Sehr gründlich. Das ist auch wichtig für mich, weil ich mich sonst beim Schreiben nicht sicher fühle. Zum Recherchieren bin ich schon U-Boot gefahren, durfte einmal als Flugschüler ein kleines Flugzeug steuern, habe einen Sturzflug miterlebt, Tierpfleger bei der Arbeit begleitet, lange

Gespräche mit Tierschützern geführt und viele Städte und Länder bereist. Die Geschichten selber entstehen natürlich in meiner Fantasie.

Woher nimmst du eigentlich deine Ideen?
Hm, das ist mir selbst ein Rätsel. Sie kommen ganz einfach. Ich ziehe Ideen an wie ein Magnet … Ich halte Augen und Ohren weit offen und fange sie auf diese Weise ein. In meinem Kopf reifen sie dann. Manche ein paar Wochen, andere ein paar Jahre. Von 1000 Ideen setze ich aber nur vielleicht 30 um. Ich sammle ständig und überall. Oft genügt ein winziger Anstoß und auf einmal wächst daraus die Geschichte.

Entstehen deine Geschichten erst beim Schreiben am Computer oder hast du sie schon vorher ganz genau in deinem Kopf?
Mehr als zwei Drittel sind fertig, wenn ich mich zum Schreiben hinsetze. Ich notiere jede Idee in einen Mini-Computer, den ich immer dabeihabe, aber nur aus einigen werden dann Geschichten. Manchmal braucht das „Wachsen“ ein paar Wochen, manchmal ein paar Jahre.

Was ist das für ein Gefühl, wenn man so bekannt ist?
Ich finde es toll, wenn ich Briefe und E-Mails von Lesern bekomme, die mir erzählen, wie viel Spaß und Spannung sie beim Lesen hatten. Das ist für mich ein wunderbares Gefühl. Schließlich schreibe ich nicht, um bekannt zu sein, sondern weil es für mich die tollste Sache der Welt ist.

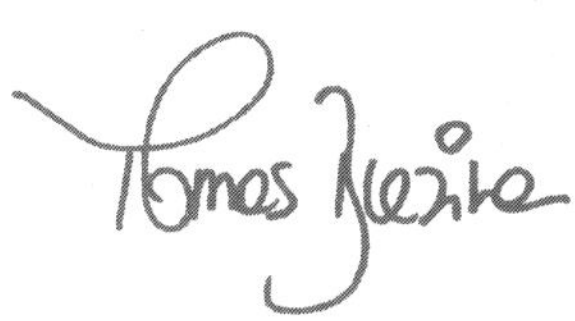

Ravensburger Bücher

Habe ich	Fehlen mir		ISBN 978-3-473-
○	○	**Das Gold des Grafen Drakul**	47168-3
○	○	**Das Internat der Geister**	47095-2
○	○	**Der Computerdämon**	47098-3
○	○	**Der Turm des Hexers**	47088-4
○	○	**Das Amulett des Superstars**	47124-9
○	○	**Wenn der Geisterhund heult**	47089-1
○	○	**Das Mädchen aus der Pyramide**	47090-7
○	○	**Spuk im Stadion**	47096-9
○	○	**Im Bann des Geisterpiraten**	47099-0
○	○	**Die Monstermaske der Lagune**	47169-0
○	○	**Der Meister der Dunkelheit**	47170-6
○	○	**Der Spinnenmagier**	47155-3
○	○	**Das Kabinett des Dr. Horribilus**	47127-0
○	○	**Fußball des Schreckens**	47150-8
○	○	**Das Geheimbuch für Detektive**	47139-3

DIE KNICKERBOCKER-BANDE

LESEPROBE

Lilo, Poppi und Axel hörten den Schrei nicht. Sie waren viel zu weit entfernt und umgeben von einem Gewirr aus Stimmen und dem Flattern und Gurren der Tauben. Vor ihnen öffnete sich der Markusplatz, eine von Venedigs zahlreichen Sehenswürdigkeiten. Auf drei Seiten war der Platz von langen Häuserfronten aus hellem Stein und schattigen Arkaden mit teuren Läden und einladenden Cafés umgeben. Die vierte Seite bildete die Markuskirche mit ihren hohen Torbögen und Kuppeln. Links davon ragte wie ein etwas hochnäsiger, hagerer Wächter der *Campanile*, der Glockenturm, zum Himmel auf.

An einem kleinen Stand hatte Poppi ein Säckchen Maiskörner gekauft. Sie ließ ein paar in die offene Hand gleiten und sofort kamen von allen Seiten die Tauben zu ihr geflattert. Ohne Scheu landeten sie auf ihrem ausgestreckten Arm, um hungrig die Körner zu picken. Lilo hob die kleine Kamera, die an einer Schlinge von ihrem Handgelenk baumelte, um Poppi inmitten der aufgeregten Taubenschar zu knipsen.

Auf dem Uhrturm setzten sich zwei riesige Bronzefiguren in Bewegung. Sie schwangen schwere Hämmer zuerst nach hinten, um sie dann auf eine große Glocke, die in der Mitte zwischen ihnen hing, zu schlagen. Axel zählte vier Schläge und verglich die Zeit mit seiner Armbanduhr. Punkt vier Uhr nachmittags. Während Dominik gerade in den Bann des unheimlichen Maskenwesens geriet, wollte er endlich das Spiel fortsetzen, das durch seinen Freund vorhin unterbrochen worden war.

„Ich bin dran", rief er Poppi und Lilo zu. Poppi streute den restlichen Inhalt des Futtersäckchens auf das Pflaster und beobachtete den gierigen Taubenschwarm. Die Vögel flatterten wild durcheinander. „Immer wenn eine Schirmkappe an mir vorbeikommt, muss ich …", fuhr Axel fort. Herausfordernd sah er Lilo und Poppi an.

„Immer wenn eine Schirmkappe an dir vorbeikommt, beißt du dich in die große Zehe", trug ihm Lilo auf.

Es war sicher das lustigste Spiel, das die Bande je erfunden hatte. Ein Spieler wählte eine Situation, in der er einen von den anderen gegebenen Auftrag ausführen würde. Vorhin, als Dominik aus dem Spiel ausgestiegen war, hätte er sich jedes Mal dazustellen sollen, wenn jemand auf einer Brücke fotografierte. Dann hätte er auf irgendetwas im Kanal deuten und dazu laut wie ein Schwein grunzen müssen. Das war für Dominik aber zu viel gewesen.

Im Gegensatz zu ihm nahm Axel die Herausforderung an. Er bückte sich und zog schnell den Schnürsenkel seines Sportschuhs auf. So war er jederzeit bereit herauszuschlüpfen und den Fuß bis zu seinem Mund hochzuziehen.

„Da!“ Poppi zeigte auf eine sehr rundliche Frau in pinkfarbenen Shorts und einem gestreiften T-Shirt, die an ihnen vorbeiwackelte. Als Schutz gegen die Sonne wippte eine kleine Schirmkappe auf ihren blond gefärbten Löckchen.

Axel packte sein rechtes Bein an Knöchel und Schienbein und zog es nur auf einem Fuß stehend bis zu seinem Gesicht hoch. Wie eine Preisrichterin stand Lilo neben ihm, um zu kontrollieren, ob er die große Zehe tatsächlich zwischen die Zähne bekam. Der gut durchtrainierte Axel war so gelenkig, dass er das mühelos schaffte.

„Punkt für mich!“, rief er triumphierend, ließ sein Bein los und warf die Arme in die Luft. Aus Übermut führte er einen Freudentanz auf, ohne dabei darauf zu achten, wo er hintrat. Im Taumel übersah er zwei

Herren, die mit ernsten Mienen über den Platz schritten. Sie waren ganz in ihr Gespräch vertieft und machten nicht den Eindruck, als hätten sie etwas besonders Erfreuliches zu bereden.

Axel stolperte gegen den größeren der beiden. Der Stoß kam für den Herrn mit dem silbergrauen Haar völlig unerwartet. Er verlor das Gleichgewicht, stürzte nach hinten und Axel fiel auf ihn.

Erschrocken schlug Poppi die Hände vor das Gesicht. In seinem schwarzen Anzug und mit dem zerfurchten, sehr blassen Gesicht sah der Mann auf dem Pflaster aus wie tot. Der graue Bart, der seinen Mund umrahmte, stand wie ein geknickter Eiszapfen von seinem Kinn ab.

Der Mann bewegte sich nicht, die wässrigen grünen Augen starrten in den Himmel.

Sein jüngerer Begleiter bückte sich besorgt, packte Axel an der Schulter und zerrte ihn unsanft zur Seite. Wie einen nassen Sack ließ er ihn fallen. Er ging neben dem gestürzten Mann in die Hocke und griff nach dessen faltiger, schlaffer Hand.

„Conte! Conte!“, hörte Lilo ihn sagen. Conte war das italienische Wort für Graf. Der Herr, den Axel niedergerissen hatte, war also kein gewöhnlicher Mann. Lilo witterte Ärger und überlegte einen Moment, ob sie sich nicht mit Poppi und Axel schnellstens aus dem Staub machen sollte. Sogleich verwarf sie den Gedanken wieder, bückte sich und fragte auf Deutsch: „Soll ich Hilfe holen?“

Halb empört über die rohe Behandlung, halb verwirrt rappelte sich Axel hoch. „Nein, alles in Ordnung“, antwortete er, als hätte die Frage ihm gegolten. Lilo rollte mit den Augen und bedeutete ihm mit einer energischen Geste, still zu sein.

Der Conte wirkte wie aus einer anderen, längst vergangenen Zeit. Seine schwarze Anzugjacke war viel länger als die, die man heute trägt, die Hose hatte einen glänzenden Stoffstreifen an der Seite.

„Conte!“, wiederholte der andere Herr immer wieder besorgt.

Lilo und Poppi hielten die Luft an. Ein paar Sekunden später blinzelte der Conte endlich. Es bereitete ihm große Mühe, sich aufzusetzen. Sein Begleiter musste ihn stützen. Als wüsste er nicht mehr, wo er sich befand, blickte er um sich. Er atmete tief durch und ließ sich hochziehen. Bald hatte er sich wieder unter Kontrolle und klopfte energisch den Staub von seinem Anzug. Als Letztes strich er sich über den Bart und ordnete die langen, gekräuselten Haare.

„Entschuldige dich!“, raunte Lilo Axel zu. Da ihr Freund nicht sofort reagierte, stieß sie ihm mit dem Ellenbogen in die Seite.

„Tut mir leid“, brummte Axel lahm.

In gebrochenem Deutsch sagte der jüngere der beiden Herren: „Verboten sollte man euch Touristen. Wo eure Eltern? Vorsicht auf Leute. Kinder! Eine Plage, diese Kinder, immer eine Plage."

Der Conte musterte Axel, Lilo und Poppi aus zusammengekniffenen Augen. Der Ausdruck auf seinem Gesicht war nicht zu deuten. Lilo war die ganze Sache sehr unangenehm und sie wollte so schnell wie möglich fort.

Sehr klar und ohne Akzent fragte der Conte auf Deutsch: „Was muss man machen, um euch Wilde zu zähmen? Ist es überhaupt möglich, euch Benehmen und Manieren beizubringen?"

Axel explodierte. „Jetzt tun Sie nicht so", entfuhr es ihm. „Ich habe mich nur gefreut und auf dem Rücken habe ich keine Augen."

Lilo war kurz davor, ihm einen weiteren Rippenstoß zu versetzen.

Der Conte wurde von seinem Begleiter sanft am Arm gepackt. Er murmelte ihm einige beruhigende Worte zu und versuchte, ihn wegzuziehen. „Wenn sich das Unglück wie ein kalter Schatten über uns legt, müssen wir an jeder Ecke mit dem Verderben rechnen", sagte der Conte leise vor sich hin. Poppi hatte den Eindruck, dass das zerknitterte Gesicht in diesem Moment noch mehr Falten bekam und die ohnehin schon bleiche Farbe noch ein paar Stufen weißer wurde. Ihr lief trotz der Wärme ein kalter Schauer über den Rücken. Plötzlich hatte sie das Gefühl, einem Gespenst gegenüberzustehen.

Die Begegnung endete so schnell und unerwartet, wie sie begonnen hatte. Ohne ein weiteres Wort zu sagen, wandte sich der Conte ab. Mit leicht gekrümmtem Rücken schritt er davon, sein Begleiter dicht neben ihm. Schweigend sahen ihnen die drei Freunde hinterher. Auch Axel und Lilo war die Begegnung nicht ganz geheuer.

Die Männer verschwanden im Schatten eines Durchganges unter den Arkaden, der vom Markusplatz in das Gewirr der Gassen und Kanäle Venedigs führte.

Erst jetzt bemerkten die drei den blassgelben Briefbogen auf dem Boden. Er musste aus der Ledermappe gerutscht sein, die der Begleiter des Conte unter dem Arm getragen hatte.

Poppi hob das Blatt Papier behutsam auf und reichte es Lilo. „Avvocato", las Lilo oben auf dem Briefkopf. Die Anrede, die sehr schwungvoll mit einem Füller geschrieben war, richtete sich an einen Conte Mamole.

„Gib mir das, ich lauf ihm hinterher", sagte Axel und entriss Lilo den Brief. Er sprang die Stufen zu den leicht erhöhten Arkaden hinauf und rannte durch den langen Mauerbogen. Schließlich erreichte er eine Kreuzung, die in drei Richtungen führte. Weder in der Straße vor sich noch in den seitlichen Gassen konnte er die beiden Herren ausmachen. Axel suchte nach einer Adresse auf dem Brief, es gab jedoch keine. Vorläufig musste er das Schreiben also behalten. Er faltete den Bogen zweimal und steckte ihn in die hintere Tasche seiner Jeans.

Auszug aus
„Die Monstermaske der Lagune"
von Thomas C. Brezina
Krimiabenteuer Nr. 65
ISBN 978-3-473-47169-0